陰陽師

陰陽師系列

第一部

夢枕獏——著

茂呂美耶——譯

新版推薦序

伴隨《陰陽師》系列小說十五年有感

承接《陰陽師》系列小說的編輯來信通知，明年一月初將出版重新包裝的第一部《陰陽師》，並邀我寫一篇序文。

收到電郵那時，我正在進行第十七部《陰陽師螢火卷》的翻譯工作，而且，由於晴明和博雅這兩人拖拖拉拉了將近三十年的曖昧關係（中文繁體版則爲十五年），終於有了一小步進展，令我陷入興奮狀態，於是立即回信答應寫序文。因爲我很想在序文中向某些初期老粉絲報告：「喂喂喂，大家快看過來，我們的傻博雅總算開竅了啦！」

其實，我並非喜歡閱讀ＢＬ（男男愛情）小說或漫畫的腐女，《陰陽師》也並非ＢＬ小說，但是，我記得十多年前，曾經在網站留言版和一些《陰陽師》死忠粉絲，針對晴明和博雅之間的曖昧感情，嬉笑怒罵地聊得鼓樂喧天，好不熱鬧。

說實在的，比起正宗BL小說，《陰陽師》的耽美度其實並不高。就我個人觀點而言，這部系列小說的主要成分是「借妖鬼話人心」，講述的是善變的人心，無常的人生。可是，某些讀者，例如我，經常在晴明和博雅的對話中，敏感地聞出濃厚的BL味道，並為了他們那若隱若現，或者說，半遮半掩的愛意表達方式，時而抿嘴偷笑，時而暗暗奸笑。

身為譯者的我，有時會為了該如何將兩人對話中的那股濃濃愛意，翻譯得不露骨，但又不能含糊帶過的問題，折騰得三餐都以飯糰或茶泡飯草草果腹，甚至一句話要改十遍以上。太露骨，沒品；太含蓄，無味。所幸，這種對話不是很多。是的，直至第十六部《陰陽師蒼猴卷》為止，這種對話確實不多。

然而，我萬萬沒想到，到了第十七部《陰陽師螢火卷》，竟然出現了令我情不自禁大喊「喂喂，博雅，你這樣調情，可以嗎？」的對話！不過，請非腐族讀者放心，這種對話依舊不是很多，況且，說不定我們那個憨厚的傻博雅，不明白自己說的那些話其實是一種調情。而能塑造出讓讀者感覺「明明在調情，但調情者或許不明白自己在調情」的情節的小說家夢枕大師，更令人起敬。

話說回來，不論以讀者身分或譯者身分來看，《陰陽師》系列小說最吸引我的場景，均是晴明宅邸庭院。那庭院，看似雜亂無章，卻隨著季節交替輪換而自有一番情韻。倘若我在進行翻譯工作時的季節，恰好與小說中的季節相符，我會翻譯得特別來勁，畢竟晴明庭院中那些常見的花草，以及，夏天吵得不可開交的蟬鳴和秋天唱得不可名狀的夜蟲，我家院子都有。只是，我家院子的規模小了許多，大概僅有晴明宅邸庭院的百分或千分之一吧。

爲了寫這篇序文，我翻出《陰陽師飛天卷》、《陰陽師付喪神卷》、《陰陽師鳳凰卷》等早期的作品，重新閱讀。不僅讀得津津有味，甚至讀得久違多年在床上迎來深秋某日清晨的第一道曙光。

此外，我也很佩服當年的自己，竟然能把小說中那些和歌翻譯得那麼美。不是我在自吹自擂，是眞的。我跟夢枕大師一樣，都忘了早期那些作品的故事內容，重讀舊作時，我眞的在文字中看到當年爲了翻譯和歌，夜夜在書桌前和古籍資料搏鬥的自己的身影。啊，畢竟那時還年輕，身子經得起通宵熬夜的摧殘，大腦也耐得住古文和歌的折磨。如今已經不行了，都盡量在夜晚十點上床，十一點便關燈。因爲我在明年的生日那天，要穿大紅色的「還曆祝著」（紅色帽子、紅色背心），慶祝自己的人生回到起點，得以重新再活一次。

如果情況允許，我希望能夠一直擔任《陰陽師》系列小說的譯者，更希望在我穿上大紅色背心之後的每個春夏秋冬，仍可以自由自在穿梭於晴明宅邸庭院。

茂呂美耶

於二〇一七年十一月某個深秋之夜

目錄

平安時代中期的平安京

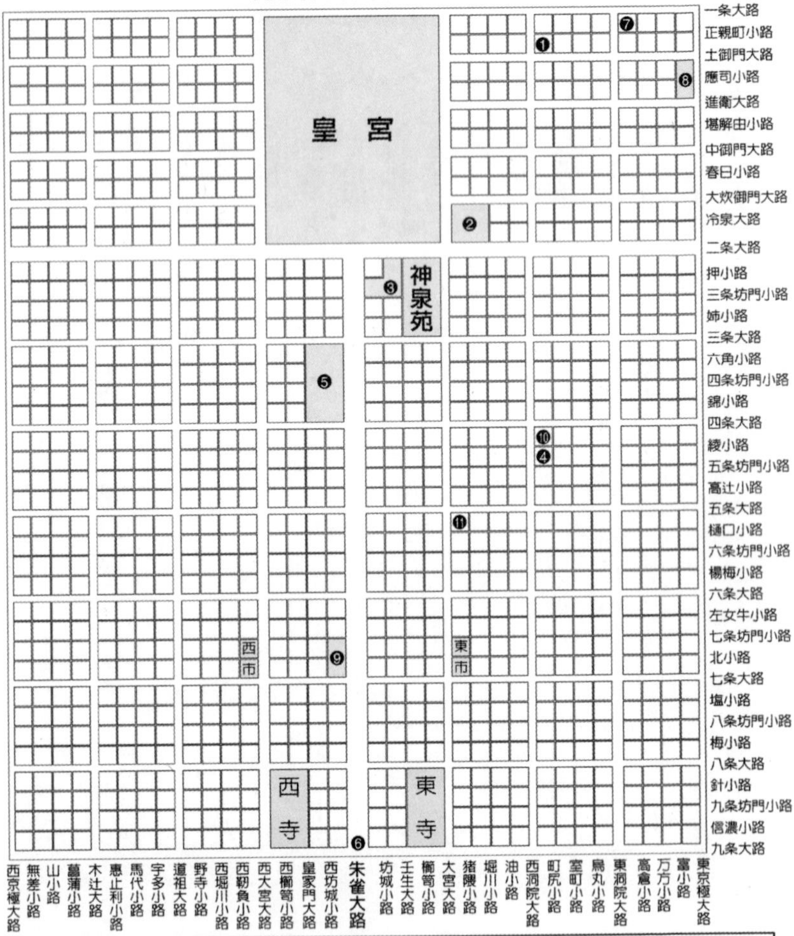

❶安倍晴明宅邸 ❷冷泉院 ❸大學寮 ❹菅原道真宅邸 ❺朱雀院 ❻羅城門 ❼藤原道長「一条第」
❽藤原道長「土御門殿」 ❾西鴻臚館 ❿藤原賴通宅邸 ⓫藤原彰子邸

有鬼盜走玄象琵琶

一

說個奇妙男子的故事。

若要打比方，故事中的男子，就像朵隨風飄盪、懸浮在夜闌虛空的雲。

我們看不出飄浮在黑暗中的雲朵，瞬息間形狀會有什麼變化，但持續注視，卻會發現雲朵已經在不知不覺中變形。明明是同一朵雲，形狀卻無法分辨。

這正是那樣一個男子的故事。男子名爲安倍晴明，是陰陽師。

據說他生於延喜二十一年①，正是醍醐天皇的時代，不過，他的生卒年和此故事沒有任何直接關係。或許不去判明生卒年爲何時，反倒能增添故事的妙趣。

總之，暫且不要在意這問題。

我打算順其自然，讓故事隨心所欲地發展。要敘述安倍晴明的故事，這種寫法應是最恰當的。

平安時代——是個暗昧尚存的時代，當時有不少人對妖魔鬼怪的存在仍深信不疑。這時代，妖魔鬼怪不住在水遠山遙的森林或深山窮谷中，無論是

①西元九二一年。

人、鬼、或陰魂，都同時存在於京城暗處，有時甚至屏氣斂息地與人同居一個屋簷下。

陰陽師……簡單說來，大概可以說是占卜師吧。雖然也可說是幻術師或靈媒，但兩者都不夠確切。

陰陽師懂得觀星宿，通曉人相學。不但會看方位，也會占卜，更會畫符念咒致人於死地，還會施行幻術。

對於人們看不見的力量——例如命運、靈魂、鬼怪之事，都深知原委，並具有支配這些神工鬼力的技術。

這是服事朝廷的官職之一，皇宮內甚至設有陰陽寮②。

晴明本身自朝廷授受了「從四品下」的官位。

從一品是太政大臣③。

從二品是左右內大臣④。

從三品是大納言⑤、中納言⑥。

依晴明的身分地位，在朝廷內應該有很大的發言權。

有關安倍晴明的事跡，《今昔物語》中記載著幾節很有趣的小故事。

據說，晴明自幼便追隨一位名叫賀茂忠行的陰陽師習道。

---

②在律令制中，隸屬中務省的機關，負責天文、氣象、曆法、占卜等等。

③唐朝官名是大師、大相國。

④唐朝官名是左右丞相、左右相國。

⑤唐朝官名是門下侍中、黃門監。

⑥唐朝官名是門下侍郎、黃門侍郎。

而且，從那時起，晴明就顯示出其陰陽師的特殊才能了。

似乎是一種天才。

《今昔物語》中記載，晴明還是少年時，某夜，跟隨師傅前往下京。

下京在今日的京都南部。

一行人乘車自皇宮出了朱雀門，再穿過朱雀大路，直到京城南方盡頭的羅城門附近。

從皇宮中心到羅城門，約有八里多的路程。

一行人乘車出發。

《今昔物語》中沒說明是什麼車，或許是牛車吧。也沒說明爲何非得在夜晚去下京，可能是忠行想和老相好幽會。在這個故事中，這種設定比較相稱。

晴明也在隨從行列中。

忠行獨自坐在車內，隨從徒步。

包括晴明在內，隨從應該只有二、三人。一人牽牛引路、一人提燈照明……另一人應是年少的晴明。書中雖未明記他當時的年齡，不過，可以想像那時的晴明大概不過十來歲。

其他隨從可能身著整潔體面的布服⑦，而晴明身上大概是略微陳舊的窄袖褲裙便服⑧，還打赤腳。晴明所穿的，應是他人的舊衣。

雖然身上穿的是舊衣，不過，若是他那眉清目秀的五官，凜然鮮明地煥發與生俱來的才氣，的確是煞有介事，架勢十足。然而，事實上應該不是如此。晴明的容貌顯然很端正，但外觀必定跟一般同齡孩童無異，乍看之下，只是個隨處可見的凡童。

或許，晴明是個不時有些老成言行的奇異少年。

偶爾，師傅忠行會在少年晴明的雙眸中，發現他眼底蘊含著與眾不同的才氣。不過應該僅只於此，並未大驚小怪。

忠行是經歷了這天夜晚的事件後，才首次覺察晴明內蘊的天資。

言歸正傳。

牛車悠閒地前進，來到京城盡頭附近。

忠行在牛車內呼呼大睡。

走在牛車一旁的晴明，不經意地望向前方，發現前方有詭狀異形的東西。

迎面朝牛車方向走來的那一夥人，不正是**青面獠牙的惡鬼群輩**嗎？

---

⑦原文為「直垂（ひたたれ，hitatare）」，為平安時代下級武士或平民所穿的便服。

⑧原文為「小袖袴」（こそでばかま，kosodebakama）。

晴明轉頭望了一下其他隨從，似乎沒人看得見那批惡鬼。

他趕忙打開牛車車窗，喊：「忠行師傅……」

叫醒忠行後，晴明告知自己方才看見的光景。

醒來的忠行從窗口探頭望向前方，果然看見一批惡鬼迎面而來。

「停車！」忠行吩咐隨從，「大家快躲到牛車背後，屏住氣息不要亂動。絕對不能發出任何一點聲響。」

說完，忠行施行法術，讓惡鬼看不到牛車與一行人，與惡鬼擦身而過。

這夜以後，忠行便時時刻刻讓晴明跟隨在自己身邊。

書上說，忠行將自己所知的陰陽道，悉數傳授給晴明。

《今昔物語》中描述：

> 有如騰出瓶中水。

意思是說，本來裝在賀茂忠行這只瓶子中的水——也就是陰陽家之學，原封不動地全部倒入安倍晴明這只瓶子中。

忠行過世後，晴明宅邸修築在土御門小路⑨以北、西洞院大路以東。

---

⑨作者將歷史上的土御門大路改為土御門小路。

自皇宮中心的紫宸殿看來，宅邸位居東北方——換句話說，正是艮位。艮，鬼門也。

平安京東北方有比叡山⑩延曆寺，皇宮東北方有陰陽師安倍晴明宅邸，這種雙重構造，當然並非偶然形成。

早良親王由於涉嫌藤原種繼暗殺事件，遭受廢太子科刑，平安京的外型與構造，正是爲了制止早良親王的冤魂向桓武天皇報復而設計。因此，桓武天皇捨棄只住了十年的長岡京，重新建設平安京。

然而，這些都是晴明出生前的往事了，與這回的故事沒有直接關係。

再度言歸正傳，回到《今昔物語》。

話說……

某天，一位老法師前來造訪晴明那棟位於鬼門方位的宅邸，身邊跟著兩個十來歲童子。

「請問有何貴事？」晴明問。

「在下來自播磨國⑪。」法師回道，「名爲智德。」

老法師報出自己的名字後，說明來意。

在下早就極想學習陰陽道。素聞此方面，您是出類拔萃的首席陰陽師。

⑩位於今日本國京都滋賀縣。自古以來，便是靈山聖地，為近畿百岳之一。

⑪今日本國兵庫縣西南部。

能不能請您教授在下一斑半點陰陽學……

智德老法師向晴明略述如此原因。

……啊哈。聽了老法師的來意，晴明心裡有數。

此法師必熟諳此道，故欲考驗吾來也……

這法師一定擅於陰陽道法術，因而刻意來試探自己——晴明察覺了老法師的眞面目。

……伴隨老法師的那兩名童子，大概是識神吧。

唔，也好。

晴明大概在內心偷笑。

識神，亦是式神。發音是「しきしん」（shikishin），也可唸成「しきがみ」（shikigami）。四國現存的陰陽道流派之一「いざなぎ（izanagi）流」⑫，則稱之爲「式王子」。

是一種平素看不到的精靈。

談不上是上等精靈，算是雜靈。陰陽師能夠施法使這些雜靈化爲識神，

⑫今日本國高知縣香美郡物部村裡發展出來的民間信仰，以修驗道、陰陽道、密教為基礎，由「太夫」之稱的祈禱師來傳達知道及管理。

並操縱他們，只不過操縱的雜靈程度不一，或下等或上等，完全取決於陰陽師的能力。

「原來如此。」晴明邊點頭、邊暗地讚賞，……這老法師的能力還不錯。

這位智德老法師所帶的隨從識神，換做只對陰陽道一知半解的陰陽師，絕對無法操縱。

「來意知道了。但是今天湊巧有事，騰不出空來……」

晴明要老法師今天暫且先回去，日後擇個吉日歡迎再度賞光。邊說，雙手邊伸進衣袖悄悄結印，口中低聲唸誦咒文。

「那麼，將擇吉日再訪……」

老法師搓了一下手，再將手擱在額上，告辭而去。

然而晴明卻文風不動，挽著胳膊立在原地，仰望天空。

不久，猜想老法師已走了二百公尺左右時，又見老法師自洞開的大門走進來，邊走邊探看可以藏身的門廊或臺階暗處。

老法師再度站在晴明眼前。

「老實說，明明應該一直跟在我身後的那兩名童子，突然不見蹤影。能不能請您還給我？」老法師說。

「還給你？」晴明裝糊塗答道，「我沒做什麼呀，跟你一道回去的令公子最清楚了。我只是站在這兒而已，怎麼可能藏匿兩名童子？」

老法師聽畢，向晴明俯首請罪：

「對不起，實際上那並非童子，而是我操縱的識神。今天登門造訪貴府的目的，是想試探您的力量。我已知自己技不如人，請原諒我。」

老法師不知如何是好。

「喂，你要試我也可以，不過半瓶醋的技倆可騙不過我……」晴明突然轉變語調，得意地笑了一下。

嘴角浮現一抹雖不至於粗俗，卻也不怎麼高雅的微笑後，低聲唸誦起咒文。

剛唸畢，只見兩名童子馬上自門外跑進來。

那兩名童子手上各自提著酒瓶和下酒菜。

晴明頑皮地說：「我讓他們去附近買酒菜。你們讓我很愉快，這些酒和菜就帶回去吧……」

——若真如此寫來，故事也許比較有趣。不過，《今昔物語》中沒這麼

描述，只說兩名童子跑回來而已。

老法師心悅誠服，興奮得臉都紅了。

「雖說自古以來操縱識神並非難事，但我未曾見過有人能藏匿別人操縱的識神，可見您的力量確實非凡。」

老法師堅持要當晴明的入室弟子，並寫下名牌遞給晴明。

一般說來，術士絕不會親筆寫下自己的名字，交給同樣是術士的人。這等於將自己的性命交給對方。

《今昔物語》中與晴明有關的記述還有一段。

話說某天，安倍晴明出門拜訪住在廣澤的寬朝僧正⑬。

很多年輕貴族子弟、僧侶，都趁機向晴明搭話。由於大家早就聽聞有關晴明的種種風聲，談話內容自然都集中在法術上。

有人直截了當問他：「聽說您能操縱識神，那麼您也能操縱識神殺人嗎？」

「一開口就問人家專業的奧義，你也太冒失了吧。」晴明可能還故意橫眉豎眼地瞪視提出問題的貴公子。

看到公子眼裡害怕的神色，內心得意洋洋，再微笑說：

⑬ 宇多天皇的孫子。

「不，想殺人沒那麼簡單。」
待公子安下心後，或許又加一句：
「不過，倒是有很多方法……」
另一位公子插嘴問：「那殺隻小蟲應該很容易吧？」
「哦，沒錯。」
晴明回話時，庭前剛好有五、六隻蛤蟆跳來跳去。
公子又問：「您能殺其中一隻嗎？」
「當然能，我能殺牠，可是……」
「有問題嗎？」
「我的確能殺那隻蛤蟆，殺了之後，卻無法讓牠復活。無益的殺生是造孽……」
「拜託，請表演一次就好……」
「我也很想看看。」
「我也想看！」
「我也想看！」
年輕公子與僧侶全聚集過來。

姑且不論與晴明有關的謠傳是眞是假，大家感興趣的不外乎晴明的法術。好奇心令他們雙眼炯炯發光，想實際瞧瞧法術到底有什麼威力。

對他們而言，如果晴明百般推託，不當場施法，其實也無所謂，反而可以留下「那男人有名無實」的話柄。

晴明瞪了大家一眼，嘀咕一句：「你們眞是造孽。」然後伸出右手。潔白手指夾住垂落屋簷下的新綠柳葉，漫不經心地摘下。

隨手拋出柳葉後，口中唸唸有詞。

柳葉飛往空中，輕飄飄飛舞而下，落在一隻蛤蟆身上。剎那間，蛤蟆立即粉身碎骨，一命嗚呼，碎肉和內臟四處飛濺。

《今昔物語》中描述：

眾僧見狀，皆驚魂失色，戰慄不已。

家中無人來訪時，晴明似乎經常使喚識神。

明明家中不見人影，但板窗會自動閉闔；即使無人動手，大門也會自動關上。

晴明四周似乎會發生各種不可思議的現象。

雜然翻閱其他有關晴明的資料，可以發現不少類似智德法師與蛤蟆等事的記載，看樣子，晴明好像很喜歡用法術嚇人。

嚇人似乎是他的樂趣。平日一本正經裝模作樣，其實也有孩子氣的一面。

以下只是我的想像。這名爲安倍晴明的男人，雖在朝廷做官，卻不拘小節、馬馬虎虎，對民情物理瞭如指掌。

高個子、膚色白皙、眉清目秀，是相當俊俏的美男子。

當他衣冠楚楚、舉止風雅地在宮中悠然漫步，所有女人一定都七嘴八舌地盯著他。

想必也收過幾封來自貴族女子、寫滿柔情密意的情書。

在朝廷處事圓滑、八面玲瓏，不過偶爾也會表現出狂妄粗魯的態度。

「喂！」——很可能一不留神就這樣稱呼天皇。

嘴角時常掛著文質彬彬的微笑，但有時也會露出卑劣笑容。

由於陰陽師是特殊的職業，他不但必須精通邪門歪道的暗事，又由於身在宮中，更須識禮知書。

中國古詩大略都能背誦，和歌才華更不用講了。至於樂器，琵琶或笛應該也相當熟練。

我想，平安時代是典雅的黑暗時代。

此刻，讓我開始來講述這位男子的故事。他宛如隨風飄盪的雲朵，超然自逸地飛舞在雍容文雅且慘惻的黑暗世界中。

二

水無月初，源博雅朝臣來到安倍晴明宅邸。

水無月是太陰曆六月。相當於現代七月十日又過幾天。

梅雨期還沒結束。連續下了幾天雨，今天罕得放晴。

不過，倒也不是陽光燦爛的晴天，只是天空泛白得像貼了一張薄紙。

清晨時分。

溼潤的樹葉和花草光鮮動人，空氣沁涼如水。

源博雅邊走邊觀看右方晴明宅邸圍牆。

那是大唐建築式圍牆。胸至臉部高之處有雕飾，上面是唐破風式裝飾屋瓦。令人聯想起寺廟圍牆。

博雅身上是圓領公卿便服⑭，腳下是皮靴，由鹿皮製成。

空氣中飄浮著無數比霧氣還細微的水滴。光是走在其中，衣服便會吸進水氣而變重。

源博雅朝臣——身分是武士，左腰佩帶長刀。

看來年約三十六、七歲，行步和舉止雖流露武士特有的粗枝大葉，容貌卻不粗獷。

長得一副老實樣，表情卻無精打采。

臉上顯得悶悶不樂，胸中似乎懷有憂慮。

博雅立在大門前。

大門沒關，門戶大敞。往裡頭探望，可以看見庭院。

滿院子的應時花草青翠繁茂，還殘留著昨晚的雨滴。

簡直像一座破廟——博雅的表情如是說。

庭院雖還不到荒野的地步，卻看得出幾乎從未修整。

這時，一陣甘美香味飄進博雅鼻腔。

博雅立即明白箇中理由。

---

⑭原文為「水干」（すいかん，suikan）。

原來，草叢中有一株高大的老藤樹，莖上有一串遲開的紫藤。

「不知晴明眞的回來了沒有……」博雅喃喃自語。

雖然深知晴明那任由花草樹木自由叢生的作風，但這庭院似乎也太不像話了。

博雅嘆了一口氣，突然發現一個女人從正房走過來。

明明是女人，身上竟穿著狩衣⑮。

女人來到博雅面前，微微頷首請安：「恭候光臨。」

是個二十出頭、鵝蛋臉的漂亮女人。

「妳在等我？」

「吾家主人說博雅大人大概快駕臨了，吩咐我出來迎客帶路……」

怎麼知道我會來？博雅不明所以地跟在女人身後。

女人帶領博雅進屋。

木板房間上鋪著榻榻米，晴明盤腿坐在榻榻米上，望著博雅。

「來了？」晴明開口。

「怎麼知道我會來？」博雅問道，同時坐到榻榻米上。

「我叫人去買酒，那人回來告訴我，說你正往這邊走。」

⑮ 男裝。原為狩獵時所穿的衣服，於平安時代演變為貴族平日所穿的便服。

「酒？」

「前些日子出了一趟遠門，回來後很想喝京城酒。你呢？怎麼知道我已經回來了？」

「有人通知我，說晴明宅邸昨晚點燈了……」

「原來如此。」

「最近一個月你到底去哪兒了？」

「高野。」

「高野？」

「嗯。」

「爲什麼突然去高野？」

「有件事我想不通。」

「想不通？」

「也不是想不通，是突然想到一件事，所以去高野找和尚聊了一下。」

「什麼事？」博雅問。

「說出來也無妨，可是……」

這兩人年齡相仿，但晴明看起來比較年輕。

不僅年輕，五官也很端正。鼻粱高挺，嘴脣紅得猶如淺淺含著胭脂。

「可是什麼？」

「你是個老實人，可能會對這話題不感興趣吧。」

「別說廢話了，到底是哪方面的事？」

「咒啦。」晴明回說。

「咒？」

「我去跟和尚聊了一些有關咒的事情。」

「聊了些什麼？」

「比如說，『何謂咒？』這類的問題。」

「咒不就是咒嗎？」

「話雖這麼說，可是我突然想到有關這問題的答案。」

「想到什麼？」博雅追問。

「嗯……例如，咒的意義很可能是名。」

「什麼名？」

「喂，博雅，別急。好久沒一起喝酒了，來一杯如何？」晴明微笑著問博雅。

「雖然不是請我來喝酒，不過人家請喝酒我不會拒絕。」

「別這麼說，陪我喝吧！」晴明拍了一下手掌。

房外馬上傳來布帛摩擦地板的聲音，旋即出現一位雙手捧著盤子的女人。

盤子上有酒瓶和酒杯，酒瓶內似乎已盛好酒。

女人先將盤子擱在博雅面前，退出房後，捧出另一盤子擱在晴明面前。

然後，女人在博雅酒杯內斟酒。

女人斟酒時，博雅一直凝視她。

這女人也身著狩衣，但與方才出來迎客的不是同一人。年齡也是二十出頭，豐滿的嘴脣和白皙的脖頸，散發撩人的魅力。

「怎麼了？」晴明問，博雅正目不轉睛望著女人。

「她不是剛剛那女人。」

聽博雅如此說，女人微笑著行了個禮，接著爲晴明斟酒。

「是人嗎？」博雅問道。

博雅的意思是，這女人是晴明操縱的識神，或是其他東西。

「想試試看嗎？」晴明說。

「試什麼？」

「今晚讓她們潛到你房間……」

「別開玩笑了，無聊！」博雅回說。

「乾！」

「乾杯吧！」

兩人飲盡杯中酒。

女人再度斟酒於空杯子裡。

博雅注視著女人，嘆了口氣，自言自語：「每次來，每次都搞不清楚。」

「不清楚什麼？」

「搞不清楚這棟房子裡到底有多少人。每次來都看到新面孔。」

「何必想那麼多。」

晴明說畢，伸手向盤子上的烤魚下箸。

「是香魚嗎？」

「早上有人挑來賣，就買下了。是鴨川香魚。」

香魚長得相當肥，也相當大。

用筷子戳取熱騰騰的魚身時，戳開處還冒出一股熱氣。

敞開的房門外，庭院盡入眼簾。

女人起身退席。

博雅借勢又重拾話題。

「再繼續下去，剛剛那有關咒的話題。」

「剛剛講到哪裡？」晴明喝了口酒裝傻。

「別賣關子啦！」

「舉例來說，你認爲這世上最短的咒是什麼？」

「最短的咒？」博雅想了一下又說，「別讓我想，晴明，你說吧。」

「嗯，這世上最短的咒正是『名』。」

「名？」

「嗯。」晴明點點頭。

「例如你是晴明、我是博雅這類的『名』？」

「沒錯。其他如山、海、樹、草、蟲等，這些名稱也是咒的一種。」

「我不懂。」

「所謂咒，簡單說來就是束縛。」

「……」
「要知道，名稱正是束縛事物本質的一種東西。」
「……」
「如果這世上有無法爲其取名的東西，表示那東西其實什麼都不是。也可以說根本不存在。」
「你講的道理很難理解。」
「……再舉例來說吧，博雅是你的名字，你和我同樣是人，但你是受『博雅』這個咒所束縛的人，而我是受『晴明』這個咒所束縛的人……」
可是，博雅還是一副無法理解的表情。
「如果我沒有名字，是不是代表我根本不存在於這世上……」
「不，你依然存在，只是博雅消失了而已。」
「可是，博雅就是我呀！如果博雅消失了，那我應該也跟著消失才對呀！」
晴明微微搖頭，不肯定也不否定。
「這世上有眼睛看不見的東西。即使是眼睛不見的東西，也可以用名稱來束縛。」

「是嗎？」

「比方，男人喜歡女人，女人也喜歡男人。如果用名稱來束縛這種感情，便是『戀情』……」

「原來如此。」

博雅點頭，卻仍是無法理解的樣子。

「可是，就算沒有『戀情』這個名稱，男人一樣會喜歡女人，女人也一樣會喜歡男人吧……」博雅說。

「那當然啦……」晴明爽快回答，「這是兩回事。」

說完，晴明端起酒杯。

「我更不懂了。」

「那換個說法吧。」

「嗯。」

「你看院子。」

晴明伸手指向一旁的庭院。正是有那株老藤樹的庭院。

「那兒有藤樹吧？」

「喔，有。」

「我把它取名爲『蜜蟲』。」

「取名？」

「就是我在它身上下了咒。」

「下了咒又怎樣？」

「結果它就很痴情地等著我回來。」

「什麼意思？」

「所以它還有一串遲開的紫藤。」

「你眞是莫名其妙的男人。」博雅說。

「還是用男女的例子來說明比較易懂？」晴明望著博雅。

「你給我說清楚一點！」博雅回道。

「假如有個女人非常愛你，你也可以利用咒取得世上的任何東西，送給她——即使是天上的月亮。」

「怎麼取得？」

「只要伸手指向月亮，再對女人說，『親愛的，我送妳那月亮』，這樣就可以了。」

「什麼？」

「如果女人答應接受，那月亮便屬於女人。」
「這就是咒？」
「是咒最基本的本質。」
「完全聽不懂。」
「不懂也沒關係。高野那些和尚個個自以爲是，認爲只需要一句眞言便能對世上所有事物下咒。」
博雅聽了之後，目瞪口呆。
「喂，晴明，你在高野待了一個月，難道都跟和尚討論這問題？」
「是啊。實際上只討論了二十天左右吧。」
「咒眞是難懂呀！」博雅舉杯喝了口酒。
「對了，我不在時，有沒有什麼趣事？」晴明問。
「也許不能說是趣事，不過十天前，忠見過世了。」
「〈迷戀伊人矣〉的壬生忠見？」
「是啊，整個人骨瘦如柴……」
「還是什麼都不肯進食？」
「是啊，等於是餓死的……」博雅回說。

「今年三月——彌月時的事吧？」

「嗯。」

兩人連連點頭說的，是三月在皇宮清涼殿舉行的和歌競賽。

和歌競賽，是將歌人分爲左右兩組，分別朗誦事前出題並已作好的各一首和歌，彼此競賽優劣的大會。

晴明所說的〈迷戀伊人矣〉，正是壬生忠見在和歌競賽中所詠的和歌首句。

迷戀伊人矣　我只自如常日行　風聲傳萬里
此情才萌發心頭　但望人人都不知

這是忠見的作品。

彼時和忠見較量優劣的，是平兼盛。

私心藏密意　卻不覺形於言色　吾身之愛戀
怎的人人皆探問　為誰而若有所思

這是兼盛的作品。

當時甄別作品好壞的裁判，是藤原實賴，而藤原實賴無法鑑別這兩首和歌孰優孰劣，正左右爲難時，村上天皇見狀，喃喃唸出其中一首。天皇唸的，正是〈私心藏密意〉。

藤原實賴宣布平兼盛獲勝時，忠見低聲尖叫了一聲，臉刷地變白，血色盡喪。好一陣子，這事成了宮中的熱門話題。

那天以後，忠見食慾大失，回家後一直臥病在床。

「聽說最後咬斷了自己的舌頭，自盡而死。」

據說，忠見曾努力想進食，卻怎麼也無法吞下食物。

「外表看來溫柔文雅，其實是凡事念茲在茲的男人……」晴明低聲道。

「眞是難以置信，不過是作品輸給人家而已，竟會連東西也吃不下。」

博雅喟嘆不已，端起酒杯。

此時，已沒人爲他們斟酒，兩人都自酌自飲。

博雅拿起酒瓶爲自己倒酒，再望著晴明說：「結果，聽說出現了。」

「出現什麼？」

「忠見的冤魂出現在清涼殿。」

「呵。」晴明嘴角現出微笑。

「聽說有好幾位值更人都看到了。他們看到面無人色的忠見，口中喃喃唸著〈戀戀伊人矣〉，於深更半夜在濛濛絲雨中，哀哀欲絕地從清涼殿踱步到紫宸殿……」

「眞有趣。」

「你不要覺得好玩。這是近十天來發生的事。萬一傳進皇上耳裡，驚嚇之餘，搞不好會吵著要遷居。」

看博雅一本正經的樣子，晴明連連點頭表示，原來如此，原來如此。

「話說回來，博雅，你到底怎麼了？」晴明突然開口問。

「什麼怎麼了？」

「該講正題了吧？你不是有事要對我說嗎？」

「你知道了？」

「你臉上寫得很清楚呀。你本來就是個老實人。」

晴明的口吻雖飽含嘲弄，博雅卻不苟言笑地回答。

「晴明，老實說……」連口吻都變得鄭重其事，「五天前的夜晚，有人偷走皇上珍藏的玄象……」

「喔！」

晴明手中握著酒杯，深感興趣地湊過頭來。

「玄象」是一把琵琶的名稱。雖說只是樂器，但凡是名器均有專名。

玄象原是醍醐天皇的珍藏，是大唐傳入之寶。

古籍《胡琴教錄下》記載：

背爲紫檀，面板爲三片銜接梣木。

「到底是何人、何時、用什麼方法偷走的，一點眉目都沒有。」

「那可眞傷腦筋喔。」

可是，晴明臉上卻毫無傷腦筋的樣子。在博雅面前，晴明似乎會不自覺表露本性。

「而且前天晚上，我聽到玄象彈出來的琴聲。」

三

聽到玄象琴聲那晚，博雅剛好在清涼殿值更。

《今昔物語》中也記載了這晚的事。

此人（博雅）熟諳管絃之道，每思及玄象遭竊之事，時長吁短嘆。某夜夜深人靜，博雅聽聞清涼殿南方，隱約傳來玄象琴聲。

醒來後，博雅傾耳靜聽，發現果然是熟悉的玄象琴聲。

起初，博雅以爲壬生忠見的冤魂因和歌競賽敗陣而懷恨在心，爲了報復村上天皇，所以盜走玄象，在南方朱雀門附近彈奏。

另一方面又懷疑自己聽錯了。再度側耳遠聽，聽到的仍是琵琶聲，且毫無疑問，是玄象的音色。博雅熟諳管絃之道，不可能聽錯。

博雅覺得很奇怪，於是，沒有通知任何人，只帶書僮一人，身上穿著便服⑯、套上皮靴，便出門了。

從監府值班室出來，循著琴聲往南走，到了朱雀門。

⑯原文為「直衣（のうし，noushi）」，為平安時代男性貴族所穿的便服。

但琴聲依然自遠方傳來。於是博雅繼續循著朱雀大路往南前進。

……如果不是朱雀門，難道是前方的瞭望樓？

看樣子，不是忠見的冤魂盜走玄象，眞正盜走玄象的人正在瞭望樓上彈奏琵琶。

然而，到了瞭望樓前，才知琵琶琴聲依然遠在南方。琴聲大小和在清涼殿聽到時一樣。眞是不可思議。聽起來不像是這世上的人所彈奏的音色。

跟在身後的書僮，嚇得臉都綠了。

就這樣繼續往南走，不知不覺，來到羅城門前。

羅城門是日本規模最大的城門，高約十八公尺。此時，聳立在黑漆漆的天色中，更覺得烏黑一團。

不知何時，濛濛細雨瀰漫四周。

琵琶琴聲自上方傳來。

上方一片漆黑。

站在城門下，藉由書僮手中的火光往上看，依稀可以看見羅城門，但二樓附近卻已溶入黑暗，什麼都看不到。

琵琶琴聲在黑暗中錚錚作響。

「回去吧。」書僮建議，但博雅生性耿直，既然來了，總不能空手而回。

然則這琵琶琴聲眞是美妙呀！雖是從未聽過的曲子，音色卻緊緊扣住博雅的心弦。

琵琶錚錚地響。

錚。

錚。

琴聲悲切又優美，聽起來令人心酸。

「喔！這世上竟有不爲人知的祕曲……」博雅深受感動。

去年八月，博雅也聽過同樣是琵琶祕曲的〈流泉〉與〈啄木〉。

彈奏者是名爲蟬丸的盲眼老法師。博雅持續拜訪了三年，才有幸聽到上述兩首曲子。

當時，有位盲眼老法師在逢坂關卡附近蓋了一間草堂住下。老法師本來是服事式部卿宮⑰的雜工。

這位老法師正是蟬丸。聽說是琵琶名人，又聽說會彈奏現今已無人會彈的琵琶祕曲〈流泉〉與〈啄木〉。

⑰唐朝官名是吏部尚書。

博雅由於自己也懂得琵琶、笛等所有樂器，聽到這種風聞，便迫不及待地想面聽老法師彈奏琵琶。

博雅派人到逢坂的蟬丸住居。

何以居如此不期之地？未知可否遷居京城？

「您爲什麼住在這種令人意想不到的地方呢？願不願意搬到京城來住？」

下人如此轉達博雅的心意，蟬丸不作任何回答，只彈唱了一段琵琶。

世上豈無安居處　貝闕珠宮　土階茅屋　終是中看不中留

「在這世上，橫豎都活得下去。不管住居是豪華宮殿或簡陋茅屋，反正總有一天都會失去……」歌詞大意如此。老法師藉著琵琶琴聲，唱出自己的回答。

博雅聽後，更加欽佩莫名。

「眞是耐人尋思的人啊。」

從此，博雅便朝思暮想，熱切渴望要聽蟬丸彈奏琵琶。

老法師不可能會長生不死，連自己也不知道自己的壽命到底有多久。萬一老法師哪天突然過世，〈流泉〉與〈啄木〉這兩首祕曲便會同時絕傳。我一定要設法聽到這兩首曲子。無論如何都要聽到。想盡辦法也要聽到。

博雅如痴如迷。

但是，如果前去拜訪懇求老法師鳴彈，超脫不俗的老法師一定甚覺不快。就算願意撥絃彈奏，恐怕也彈不出眞情流露的曲子。

如果可能，最好是在老法師無所勉強、油然彈奏時聽到。

耿直的博雅說做就做，此後便風雨無阻，每晚前往老法師住居。

博雅躲在蟬丸草堂附近，夜夜痴情巴望著。今晚會彈嗎？今晚會彈嗎？這已是三年前的事了。有時博雅因在宮中值更不能去，但他的熱情實非應景而已。

每逢月明風清或蟲鳴水沸的夜晚，博雅更會心頭亂撞，以爲如此夜晚肯定最適合彈奏琵琶祕曲，而傾耳靜待琴聲傳出。

直到第三年的八月十五日。

那晚，月色朦朧，清風徐來，是神清氣爽的夜晚。

盼望多時，博雅耳邊總算傳來餘音嫋嫋的琴聲。曲子某一部分，正是博雅曾經恍惚聽過的〈流泉〉。

當晚，博雅聽得心滿意足。

朦朧夜色中，老法師不但興之所至彈奏了祕曲，更隨著琵琶琴聲吟唱。

逢坂關卡夜未央　大雨滂沱風疾馳
孤窮一身蓬室居　只因世間不容人

博雅聽畢，淚流滿面，心中哀憐不已。

《今昔物語》如是說。

過一會兒，老法師喃喃自語。

「啊，這眞是令人雅興大發的夜晚呀。不知這世上有沒有其他懂情趣的人？若是有人願意光臨舍下，而且對琵琶稍有素養，老僧眞想與他暢談通宵啊……」

博雅聽到這句話，情不自禁跨前一步：「此處有合適的人在。」

想必這個耿直男人不但欣喜若狂、怦然心跳，同時面紅耳赤、彬彬有禮地露面吧。

「您是……」

「貴人多忘事。在下源博雅，曾經遣人招邀大師到京城來住。」

「喔，是那時的……」蟬丸沒有忘記博雅。

「剛剛大師彈奏的是〈流泉〉？」博雅問。

「您知道這首曲子？」聽到蟬丸驚喜交加的聲音，博雅大概樂得眉開眼笑。

於是，老法師應博雅所望，又盡興彈了祕曲〈啄木〉……

聽著羅城門上傳來的琵琶琴聲，博雅回想起那夜的往事。

而此刻響在耳邊的曲子，足以凌駕〈流泉〉或〈啄木〉。

這曲子旋律新奇，音色極其哀戚悲切。博雅甚至深受難以名狀的感動。

博雅側耳細聽由漆黑夜空傳來的琵琶琴聲，佇立在原地良久。

最後開口問：「是何方神聖在羅城門上彈奏琵琶？這音色分明是前天夜晚宮中失竊的玄象。今晚在清涼殿聽到這音色，令我不由自主循著樂音來到此處。玄象是天皇所珍藏的琵琶……」

說到此，琵琶琴聲突然停止，所有景象都消失了。

書僮手中的火把也熄滅了。

四

「結果，我回來了。」博雅向晴明說。

書僮嚇得渾身發抖，泣不成聲，火把也熄了。當晚，主僕二人狼狽不堪地歸來。

「這是前天晚上的事？」

「嗯。」

「昨晚呢？」

「老實說，昨晚也聽到琵琶琴聲了。」

「你又去了？」

「當然去了。這回是單獨一人。」

「去羅城門？」

「唔。單獨一人去。聽了一陣琴聲後，我相信琴藝能夠那麼精湛的，一

定不是人。當我出聲詢問後，琴聲又停止了，火把也熄滅了。不過這回我有準備，馬上點亮火把，上樓……」

「上樓了？羅城門上？」

「對。」這男人膽量大得令人搖頭。

羅城門上的黑暗不是一般的黑，是伸手不見五指的黑。假若對方也是人，上樓後，萬一對方一言不發便砍下來，那還得了。

「不過，後來還是算了。」博雅又說。

「沒上樓？」

「對。上樓途中，樓上突然傳來聲音。」

「聲音？」

「不知是人聲還是什麼，很像人或野獸哭泣的聲音。聽起來很恐怖。」

博雅接著又說：「我仰臉望著上方登樓時，突然有樣東西從樓上掉在我臉上……」

「什麼東西？」

「下樓仔細一看，才知道那是一顆腐爛的人眼。大概是從墳場找來的東西。」博雅便不想再上樓了。

「萬一強行上樓，對方一氣之下砸壞玄象，就沒意思了。」
「那你找我做什麼？」晴明問。
此時，酒喝完了，香魚也吃光了。
「今晚陪我去一趟吧。」
「你還要去？」
「要去。」
「皇上知道此事？」
「不知道，目前僅我一人知道。也吩咐書僮絕對要保密。」
「唔。」
「羅城門上的一定不是人。」博雅說。
「不是人，是什麼？」
「不清楚。應該是鬼魅。不管是什麼，既然非人，那就是你的工作了。」
「原來如此。」
「雖然目的在取回玄象，不過我實在很想再度聽到那琴聲。」
「好，陪你去。」
「喔！」

「不過，有個條件……」
「什麼條件？」
「帶酒去。」
「酒？」
「我也想邊喝酒、邊欣賞琵琶琴聲呀。」
聽晴明這麼說，博雅默默不語，凝視了晴明一會兒。
「好吧。」最後低聲答應。
「走。」
「走。」
事情就這樣決定了。

五

這晚，有三人聚集在紫宸殿前。大家事前約在櫻花樹下見面。
晴明出現得較晚，身上隨意披著白色狩衣，左手提著一個用繩子繫住的酒瓶。右手雖拿著火把，卻沒點上火，似乎就這樣摸黑走到紫宸殿。腳上是黑皮淺底鞋。

博雅早已在櫻花樹下等候，全副武裝，宛如要上戰場。不但穿著正式禮服⑱，頭上還戴著卷纓冠⑲。左腰佩把翹得厲害的長刀，右手握長弓，揹著箭袋。

「噢！」晴明先打招呼。

「喔！」博雅回應。

博雅身邊另有一位矮個兒法師。背上以細繩綁著竹琵琶。

「這位是蟬丸大師。」博雅向晴明介紹。

蟬丸微微屈膝，行了個禮。「您是晴明大人？」

「是，在下是陰陽寮的安倍晴明。」晴明的口吻謙恭有禮，舉止沉穩。

「久仰大名，博雅時常提起蟬丸法師您的事。」晴明的語氣爾雅溫文，態度與在博雅面前時大不相同。

「老僧也從博雅大人那兒久仰晴明大人。」矮個兒老法師再度行了禮。老法師頸項細瘦，宛如仙鶴長頸。

「我將半夜傳來琵琶琴聲的事告訴了蟬丸大師，大師說也想同我們一起聽聽。」博雅解釋。

---

⑱ 日文「束帶（そくたい，soku-tai）」，為平安時代以後，朝廷官員所穿的正式禮服。

⑲ 官位五品以上的武官所戴的冠帽，冠帽用簪固定，並往上捲成漩渦狀。

晴明仔細看了博雅的裝扮，問：「難道你每晚出門時，都這身打扮？」

「不，不，今晚是因爲有陪客，單獨一人時不會這樣鄭重。」

博雅剛說完，清涼殿附近傳來男人的低沉聲音。

那聲音蒼老嘶啞，陰鬱暗澹。

迷戀伊人矣……

悲切地唸唸有詞。

聲音逐漸挨近，夜裡也能辨別的灰白人影從紫宸殿西方角落繞出來。

冰涼夜氣中，濛濛細雨霧茫茫地籠罩四周。那人影有如浮游在空中的雨滴，不落地而凝聚出人形。

我只自如常日行　風聲傳萬里……

人影飄飄然自柑橘樹下踱步過來。蒼白的臉，無視四周景物。

身上穿著白色文官官服，頭上戴頂文官巾子冠帽，腰佩裝飾長刀，身後拖曳著官袍底衣束帶下擺。

「是忠見大人……」晴明低語。

「晴明！」博雅呼喚晴明。

「他有他的苦衷才會出來，我們別管他吧……」

其實晴明根本無意向忠見施法。

此情才萌發心頭　但望人人都不知……

人影消失在紫宸殿前。

彷彿稱心快意地融入大氣中的煙靄，人影朗誦完詩歌，便與聲音同時消失了。

「那聲音實在哀哀欲絕。」蟬丸自言自語。

「那也可以算是一種鬼魅吧。」晴明說。

不久，遠處傳來琵琶琴聲。

啪，晴明輕拍手掌。

黑暗中，一位女人靜謐無聲地迎面走來。

身上緊密穿著華麗唐裝……是位全身包裹著十二單衣⑳的絕世佳人。

那女人身後拖曳著下裳，步入博雅手中燈火可及的光圈內。

全身是紫藤色的寬鬆唐裝。

女人立在晴明面前，低垂著嬌小白皙的眼瞼。

「讓蜜蟲幫我們帶路吧。」晴明道。

女人伸出白淨小手，接過晴明的火把，隨即點亮。

「蜜蟲？」博雅莫名其妙，「那不是你爲院子那株老紫藤所取的名字嗎？」

博雅想起早上在晴明宅邸庭院看到的那株老紫藤，以及那串遲開的紫藤花、甘芳醉人的香味。不，不僅想起來而已。眼前這女人的確也在冷冽夜氣中散發著同樣香味，香味飄蕩至博雅的鼻孔。

「識神嗎？」博雅問。

晴明只微微一笑，低聲回答：「是咒。」

博雅不禁凝望著晴明。

「我深切感覺你眞是不可思議的男人。」博雅感慨地嘆了一口氣。

他瞄一眼將火把遞給女人的晴明，再將視線轉回到自己手中的火把。

⑳平安時代，女性的宮廷禮服。

蟬丸手中沒有任何火把，三人中只有博雅持火把。

「只有我需要亮光？」

「老僧是盲眼人，晝夜都一樣。」蟬丸低聲回應。

蜜蟲轉過紫藤色唐裝身子，嫻靜地步向煙霏霧集的濛濛細雨中。

錚。

琵琶琴聲響起。

「出發吧。」晴明道。

六

晴明提著酒瓶，漫步於煙雨霏霏的冷冽夜氣中。

他不時將酒瓶舉至脣邊啜飮，似乎享受著今晚的夜氣與琵琶琴聲的情調。

「博雅要喝嗎？」晴明問。

「不喝。」博雅起初斷然拒絕。

「怕喝醉之後，箭射不準嗎？」

經不起晴明取笑，博雅乾脆也喝起酒來。

儘管如此，琵琶琴聲依然是哀怨歌調。

蟬丸始終一言不語，恍如夢境般邊走邊傾耳細聽琵琶琴聲。

「我第一次聽到這曲子，感覺非常哀戚。」蟬丸輕聲道出感想。

「聽起來眞叫人心如刀絞。」博雅將長弓掛在肩上。

「大概是異國旋律吧。」晴明舉起酒瓶回說。

樹木在黑夜中閒情逸緻地豐熟，夜氣中融合著綠葉芳香。

一行人抵達羅城門下。

果然，羅城門上傳來餘音繞梁的琵琶琴聲。

三人默默聽了一陣子。聽著聽著，可以聽出彈琴人一直變換曲調。彈到某首曲子時，蟬丸低聲道：「這曲子老僧依稀聽過……」

「眞的？」博雅望向蟬丸。

「已故的式部卿宮生前某天，彈過一首據說不知名的妙曲，老僧記得旋律和這首曲子很相似。」蟬丸解下肩上的琵琶，抱在懷中。

錚，蟬丸配合羅城門上傳來的旋律，彈奏起琵琶。

錚。

錚。

兩把琵琶的琴聲開始纏繞。

蟬丸的琴聲起初有點生硬。

不過，可能是蟬丸的琴聲傳進了對方耳裡，羅城門上的彈琴人已不再換曲子，變成重複彈奏同一首曲子。每重複一次，蟬丸的琵琶琴聲便逐漸流暢起來。重複幾次後，蟬丸彈奏的旋律已同羅城門上的人一模一樣。

那眞是出神入化的合奏。兩把琵琶魚水和諧，膠漆相融，琴聲迴響在夜氣中。那琴聲會令人渾身起雞皮疙瘩。

蟬丸陶醉地閉上盲目雙眼，有如追趕體內某種激昂情懷，不停從琵琶上奏出琴聲。臉上浮出歡欣若狂的表情。

「我感到自己眞幸福，晴明……」博雅感動得含淚喃喃自語。

「沒想到身爲一個凡人，居然可以聽到如此美妙的琴聲……」

錚。

錚。

琵琶琴聲飛升至夜空。

那聲音最初小得有如夾雜在琵琶琴聲中的竊竊私語，後來竟愈來愈大。

聲音來自羅城門上。
原來是羅城門上那非人之物，邊彈琵琶、邊嚎啕大哭。
不知何時，琵琶琴聲雙雙停歇，只剩下大放悲聲的號哭。
蟬丸的表情無比幸福，盲目雙眼仰望著上空，像是在尾追殘留大氣中的琵琶餘韻。
哭泣聲開始夾雜著語聲，是異國語言。
「這不是大唐語言。」晴明道，隨後側耳細聽了一陣子。
「是天竺語……」晴明嘟嚷著。
天竺──也就是印度。
「你聽得懂？」博雅反問。
「聽懂一些。」晴明補充，因爲他相識的人多是和尚。
「他說什麼？」博雅問畢，晴明再度傾耳細聽。
「他說，很悲哀。又說，很高興。還有，好像在呼叫女人的名字……」
天竺語，即古代印度語，也就是梵語。佛教經典原本以梵語寫成，中國所翻譯的佛典，大都以漢字音譯而成。平安時代有幾位能說梵語的人，實際上，也有一些眞正的天竺人定居日本。

「女人的名字？」

「他在呼叫蘇利亞。」

「蘇利亞？」

「也可能是素利亞，或許是俗利亞。」晴明若無其事地仰望羅城門上。

火光只能照亮一小部分，再上去便黑漆一團了。

晴明用異國語言向黑沉沉的城門二樓低聲呼喚了一句。

霎時，哭聲停止了。

「你跟他說什麼？」

「我說，『你的琵琶彈得很好。』」

不久，頂上傳來低沉的聲音。

「彈奏我國度的音樂，又會使用我國度的語言，你們究竟是何許人？」

雖然帶點鄉音，卻毫無疑問是日語。

「我們是事奉宮廷的在朝人。」博雅回說。

「何姓何名？」聲音又問。

「在下源博雅……」博雅回道。

「源博雅，你是連續兩天都來這兒的那一位吧？」聲音問。

「正是。」博雅回道。

「老僧是蟬丸。」蟬丸開口。

「蟬丸……彈琵琶的人是你嗎？」

錚。這回蟬丸沒回答，只彈奏了一聲琵琶。

「在下是正成。」晴明報出名字後，博雅不知究理地回望著晴明。

……為什麼用化名？博雅的表情如此說著。

晴明視若無睹地仰望著羅城門。

「另一位是……」聲音說到一半，頓住了。

「……好像不是人吧？」再度低聲問道。

「沒錯。」晴明回說。

「是精靈嗎？」聲音又低聲問道。

晴明點點頭。

看樣子，樓上的人看得到樓下。

「閣下呢？尊姓大名？」晴明反問。

「漢多太……」聲音細語回答。

「是異國名？」

「正是。我出生在你們稱爲天竺的國度。」

「應該已不是這世上的人吧？」

「是。」漢多太回道。

「你原本是什麼身分？」

「我是雲遊樂師。原本是天竺某小國的國王庶子，自從鄰國擊滅我國後，就離開了故鄉。從小我對武藝沒什麼興趣，比較喜歡音樂，十歲時已能彈奏所有樂器。最拿手的是五弦月琴……」聲音飽含思鄉之情，「我只抱著那把月琴到處飄泊，最後流浪到大唐，度過一生中停留一地最久的日子。一百五十年前，搭乘空海和尚的船，來到貴國……」

「然後呢？」

「我死於一百二十八年前。原本在平城京法華寺附近製造琵琶爲生，一天夜晚強盜入侵，砍掉我的頭顱，我就死了。」

「爲什麼你會變成今日這等模樣？」

「想在死前再度目睹故國一次。想到自己不得已離開故國，最後客死異鄉，就感到悲哀至極。是如此情懷令我死不瞑目吧。」

「原來如此。」晴明頻頻點頭。

「可是，漢多太啊！」晴明呼叫漢多太。

「是！」聲音回應。

「你又爲什麼竊取玄象琵琶呢？」

「老實說，這把玄象，是我在大唐時製造的作品。」聲音低沉、穩靜地回答。

「原來是這樣……」晴明大大嘆了口氣。

「這眞是不可思議的緣份呀，正成大人……」聲音嘆道。

聲音呼喚的是方才晴明報出的化名。

然而，晴明靜默不語。

「正成大人……」聲音再度呼喚。

博雅看著晴明。晴明鮮紅嘴唇含著微笑，抬頭仰望著烏黑城樓。

博雅猛地想起一件事，便不再追問。

「或許那把玄象從前是你的東西，但現在已歸屬我們，能不能請你奉還？」博雅瞪視著樓上。

「還給你們是沒問題……」聲音低聲道。

沉默了一會兒，聲音再度響起：「不過，你們能不能答應我一個請求？」

「什麼請求？」

「說來有點難爲情……我潛入宮中時，看上一名宮女。」

「什麼？」

「十六歲那年，我娶了妻子，那名宮女長得很像我妻子……當初潛入宮中，其實只是想見宮女而已，沒想到每晚進出時，偶然發現了玄象……」

「……」

「當然，我可以憑鬼神力量魅惑那名宮女。可是我不忍心，便竊取玄象作爲替代，彈著琵琶緬懷往事，思念吾妻蘇利亞，藉琴聲撫慰自己。」

「那……」

「請你們幫我說服那名宮女，讓她來我這兒。只要陪我度過一夜就可以了。請她當我的一夜之妻。如果你們願意，我會在早上放那名宮女回去，然後立即離開這兒。」

說完，聲音之主忘情地潸潸淚下了好一會兒。

「我了解了。」博雅回應，「回去後我會向皇上報告。如果皇上答應，明晚同一時刻，我會帶那名宮女來這兒……」

「感激不盡。」

「那名宮女有什麼特徵？」

「她皮膚很白，額上有一顆痣，名爲玉草。」

「如果可以如願，明天中午，我會射一支箭到這兒。如果不行，我會射上黑箭。」

「萬事拜託了。」聲音回應。

「對了，喂……」好一陣子緘口無言的晴明，突然向樓頂搭話。

「可否再彈奏一次剛才的曲子給我們聽聽？」

「琵琶？」

「唔。」

「那眞是求之不得。按道理，應該下樓在你們面前獻醜，可是我已經面目全非，見不得人，請原諒我就地班門弄斧吧。」聲音道。

錚。

琵琶響起。

琴聲餘音嫋嫋，不絕如縷，猶如懸在大氣中的蛛網。

這首曲子，比方才的更加美妙。

一直安詳旁觀的蜜蟲輕盈地蹲下，將手中火把擱在地上，再輕盈起身。

夜晚的靜謐氣氛中，蜜蟲飄逸地舉起白皙雙手，珊珊轉了個圈。原來，是配合著琵琶旋律婆娑舞起。

「噢……」博雅驚嘆，看得入神。

曼舞與琵琶結束。

城門樓上傳來聲音：

「舞得眞美。今晚就到此爲止，請各位先回去吧。不過，爲了以防萬一，我還是展示一下力量給你們看。」

「以防萬一？」

「爲了預防你們明晚輕舉妄動。」

聲音還未說完，羅城門上便閃出一道綠光，飄然落在蜜蟲身上。

綠光籠蓋住蜜蟲，瞬間，蜜蟲臉上浮出痛苦表情，張開紅潤雙脣。雪白牙齒依稀可見時，綠光與蜜蟲已同時化爲烏有。

一片東西飄舞在地面火把光圈中，最後噗咚落地。

晴明走過去拾起，竟是一串紫藤花。

「請各位多多關照。」頭頂上又拋下來一句，然後歸於寂靜。

鴉雀無聲的暗夜中，只有絲綢般的霧氣緩步細搖。

晴明舉起夾在白皙右手指中的紫藤花，貼在丹脣上。

脣邊掛著安寧微笑。

七

第二天夜晚。

羅城門下站著四人，陰暗天空飄著柔軟的霏霏細雨。

晴明、博雅、一名男子與一名女子，佇立在細雨中。

男子名爲鹿島貴次，是武士。

他腰佩長刀，左手握弓、右手握著數支箭。鹿島是一位猛將，兩年前曾用手中弓箭射殺了一隻出現在宮中的貓妖。

女子是玉草，雙眸圓大，鼻梁高挺，是位美女。年約十八、九歲。

晴明的裝扮同昨晚一樣，只是手中沒提酒瓶。

博雅也只是手中少了弓箭，身上裝扮跟昨晚相同。

琵琶琴聲在四人頭上作響。

不久，琴聲休止。

「恭候已久。」聲音從城門上傳來，與昨晚一樣，但聲調中隱藏不住興高采烈的情緒。

「我們如約來了。」博雅回應。

「你們替換了一位男人。」

「蟬丸沒來。即使我們守約，也不知道閣下會不會遵守約定，所以請這一位陪同我們來……」

「這樣嗎？」

「我們會讓宮女上樓，琵琶可以歸還了吧？」

「先讓宮女上樓。」聲音要求。

接著，從頂上滑落一條帶子。

聲音吩咐：「叫女人抓住這條帶子。我先拉她上來，確認她的確是那名宮女後，再將琵琶放下去。」

「好。」

博雅和玉草同時跨前一步，博雅協助女子抓住帶子。

女子剛抓住帶子，帶子便輕快地往上飛升，人影也與之同時往羅城門上

飛去。

一忽兒，女人便不見蹤影。

過一會兒。

「喔！」聲音響起。

「蘇利亞！」心花怒放的聲音，「確實是她沒錯！」

不久，帶子上綁著一樣東西，再度自頂上降下。

博雅解開帶子：「是玄象！」

他手持背為紫檀的琵琶，回到兩位同行者身邊，遞出玄象讓晴明過目。

這時，羅城門上傳來令人毛骨悚然的聲音，像是痛不堪忍的野獸吠聲。

「妳騙我！」野獸聲音說。

接下來隱約可以聽見纏鬥的聲音，繼而是令人膽戰心驚的女人尖叫。

尖叫聲立即中斷。

潮濕的聲音打在地上，類似水從小水桶潑出的聲音。

那東西滴落在地面，一陣溫暖腥羶的味道擴散於夜氣中。是血腥味。

「玉草！」晴明、博雅、貴次同時大喊，三人奔至城門下。

地面有一灘黑色汙漬。舉起火把照看，果然是鮮血。

咯吱，咯吱。嘖嗑，嘖嗑。

頂上又傳來令人全身起雞皮疙瘩的聲音。

咚！重重的一聲，有東西掉落下來。

是一條連有手腕、血淋淋的女人白皙上臂。

「糟了！」貴次大叫。

「怎麼了？」博雅抓住貴次肩膀。

「玉草失敗了！」

「什麼？」

「我讓她帶了一把汲取叡山㉑和尚靈氣的小刀，打算斬獲妖怪首級。看樣子，她失敗了。」

貴次邊說，邊將箭搭在弓上。

「玉草是舍妹。這是我們事前說好的計畫。身為貴次之妹，明知對方是妖怪還投懷送抱的話，定當遺臭萬年，因而……」

「什麼？」

博雅剛說完，羅城門上出現一團綠光，緩緩浮蕩在黑暗半空。

貴次用力拉弓，瞄準綠光中心射出箭。

㉑比叡山的簡稱。

噭嗚！類似犬吠的聲音響起，綠光掉落下來。

三人眼前出現一個形貌異常的全裸男人。膚色淺黑，鼻梁挺直。瘦骨如柴的胸部，肋骨清晰可見。兩眼炯炯有光，獰視著三人。口角綻裂，露出獠牙。口中叼著女人手腕，嘴邊沾滿自己與女人的血，一片猩紅。軀體腰部以下全是獸毛，雙足也是獸腳。獸毛之間，陰莖仰天而立。額頭上深深插著長箭，有如獸角。

的確是個妖魔鬼怪。

那鬼怪雙眼流著血淚。

咕嚕一聲，鬼怪吞下叼在口中的手腕。

雙眼充滿憎惡與哀怨，獰視著三人。

貴次再度射出箭，箭頭沒入鬼怪的額頭。

「糟了！」晴明叫出聲時，鬼怪已奔馳過來。

鬼怪跳躍到正想射出第三支箭的貴次身上，獠牙咬下貴次喉頭的肉片。

貴次仰躺在地上，箭頭射向陰暗半空。

鬼怪以哀戚眼神望著兩人。

博雅拔出腰上的長刀。

「不准動！博雅！」鬼怪大喊。

「不准動！正成！」鬼怪又轉向晴明發下命令。

博雅手上握著拔出的長刀，動彈不得。

「太悲哀了。」鬼怪喃喃自語，聲音嘶啞，「悲哀啊，悲哀啊……」

每說一句，鬼怪口中便吐出熊熊綠火，在黑暗中飛騰。

博雅額上汗下如雨。右握長刀，左抱玄象，似乎想動也無法動彈。

「先吃掉你們的肉，再同玄象一起離去吧……」

鬼怪還未說畢，晴明便開口：「我的肉可不能給你。」嘴角浮出安詳的微笑。

他若無其事地跨前一步，取走博雅手上的長刀。

「你騙了我，正成。」鬼怪道。

晴明只是笑笑，沒有回應。

即使是化名，只要對方叫你名字而又給予回應，便會受咒所束縛。昨晚，博雅不但報出真實姓名，而且在鬼怪呼叫自己時也回應了，此時才會受到咒的束縛。

晴明報的是化名。

鬼怪的頭髮倒豎起來。

「不准動，漢多太！」晴明開口。

頭髮倒豎的鬼怪漢多太，僵在原地。

晴明不費吹灰之力，便將長刀刺進漢多太腹部，挖入腹腔。

鬼怪腹部血流如注。

晴明自鬼怪腹部挖出一團血肉模糊的東西。

那是活生生的犬首。犬首咯吱咯吱咬牙切齒，想反咬晴明。

「果然是狗。」晴明低聲道。

「這正是鬼怪的原形。漢多太的鬼魅大概不知在何處尋到一隻瀕死的狗，便附身在牠身上吧。」

晴明還未說畢，漢多太動彈不得的肉體已開始變化。

不但面貌變形，全身也長出狗毛。

原本是面貌的地方，變成狗的臀部。

臀上扎著兩支箭。

突然，博雅的軀體恢復了自由。

「晴明！」他高聲大叫，聲音哆嗦不已。

原本漢多太站立的地方，此時躺著一隻面目全非、乾巴巴的無頭狗。
晴明手中那血肉模糊的犬首還在動。
「把玄象給我……」晴明說，博雅抱著玄象過來。
「這次就附身在不是生物的這把琵琶上好了。」
晴明右手捧著犬首，伸出左手到犬首前。
喀！犬首齜牙咧嘴，一口咬住晴明左手。
晴明立刻鬆開右手，用右手遮住犬首雙眼。
然而，緊緊咬住晴明左手的犬首始終不肯落地。
「博雅，把玄象放在地上。」晴明道。
博雅將玄象擱在地上。晴明蹲下身，讓緊緊咬住自己左手的犬首置於玄象上。
「聽我說，喂……」晴明溫和地呼喚犬首。
「這琵琶琴聲眞是美妙啊……」
晴明呢喃細語，緩緩收回遮住犬首雙眼的右手。
犬首閉上了雙眼。
晴明抽出犬首咬住的左手，手腕上流著鮮血。

「晴明……」博雅呼喚。

「漢多太已附身在玄象上了。」

「你施咒了？」

「嗯。」晴明點頭。

「剛剛那句是咒？」

「你不知道嗎？博雅，這世上沒有比溫柔話語更有效的咒了。如果對方是女人，應該更有效……」晴明嘴角浮出微笑回道。

博雅仔細端詳著晴明的臉。

「你眞是個不可思議的人……」博雅最後嘆道。

不覺間，玄象上的犬首已化爲白骨。是時代久遠且枯黃不堪的狗顱骨。

此玄象猶如生物。凡遇彈者技巧拙劣，即怒形於色，悶聲不響。又，蛛網塵封，久未彈奏，亦怒形於色，悶聲不響。其情緒顯露在外，一望而知。某天，宮中失火，雖無人將其取出，玄象卻自行逃脫，現於庭中。怪異之事，不勝枚舉，人口云云，留傳於世。

《今昔物語》第二十四卷〈有鬼盜走玄象琵琶　第二十四〉

梔子花之女

一

源博雅造訪位於土御門小路的安倍晴明宅邸時，皐月已過了大半。

皐月是陰曆五月，在現代來講，是六月中旬。

源博雅朝臣，身分是武士。

一如平日，晴明宅邸依然門戶大開。

站在大門前，野草叢生的庭院清晰可見。與其說這是一座宅邸，不如說是隨便用土牆圍起某處野草叢生的山野而已。

環繞在宅邸四周的圍牆，是以雕刻裝飾的大唐式建築，牆上安有唐破風式的裝飾屋瓦。

博雅定睛細看圍牆和庭院，廢然長嘆。

午後陽光，斜照在庭院裡。

愈長愈盛的夏草，在庭院中隨風搖曳。

草叢中有一羊腸小徑。

那不是刻意鋪設的步道，而是人們在進出之際自然形成的小徑，類似所謂的獸徑。連這小徑上也覆滿了野草。

若是在夜晚或清晨進出庭院，和服褲裙大概會吸取草上的夜露，不一會兒就變得又溼又重了吧。

幸好現在有陽光，草叢還算乾燥。

博雅沒打招呼便鑽進門內。他穿著公卿便服，綠草的葉尖沙沙掃拂褲裙下擺，而腰上佩帶的那把朱鞘長刀，刀尖往後上翹，宛如潛行在草叢中的獸尾。

往年這時期通常已是梅雨期，但今年卻還見不到雨季來臨的跡象。

一股甘甜花香夾雜在綠草味道中，傳到博雅鼻尖。

是梔子花香。

看樣子，這宅邸內的某處已有梔子花開了。

博雅在宅邸入口頓住腳步。

「還是這麼粗心大意……」

兩扇門扉一左一右地敞著。

「晴明在不在呀——」，博雅往裡打招呼。

沒有回應。

停頓一下，博雅再度開口：「我上去嘍。」說完，便跨進門堂。

「要脫鞋喔，博雅。」

博雅腳邊突然傳來這句話。

博雅望向腳邊，發現地上有隻用後腳站著的小萱鼠，正睜著黑眼珠仰望自己。

萱鼠與博雅四目相交後，小聲吱吱叫了一聲，便奔竄得無影無蹤。

博雅脫掉鹿皮靴，抬腳跨上地板。

「在裡屋嗎？」

他沿走廊繞進宅邸裡屋，果然看見身穿白色狩衣的晴明，正枕著右手肘橫躺在走廊上。

晴明觀賞著庭院，面前擱著酒瓶和酒杯。

酒杯有兩只，一旁還有個素燒陶盤，盤上有沙丁魚乾。

「你在幹什麼？」博雅開口。

「等好久嘍，博雅……」晴明仍橫躺著回應。

晴明似乎於事前便知道博雅會來。

「你怎麼知道我要來？」

「你經過一條戻橋①來這裡的吧？」

①日文京都一條通之橋名。

「嗯，是啊。」

「那時你在橋上喃喃自語，說不知道晴明在不在，對吧？」

「好像說過，可是你又怎麼知道？」

晴明不回答，只呵呵笑了一聲，撐起上半身，然後盤起腿來。

「對了，聽說你在那座戾橋下養著式神。是那式神告訴你的嗎？」

「你就認為是這樣好了。先坐吧，博雅。」晴明回道。

晴明皮膚白皙，身材高眺，眉清目秀，五官俊美。

雙脣彷彿微微抹上一層胭脂，含著微笑。

看不出年齡有多大，說是四十出頭也不為過，但有時看來卻像個不到三十歲的青年。

「剛剛有隻萱鼠對我講話。晴明，那是你的聲音喔。」盤腿坐到晴明身邊的博雅這麼說。

晴明伸手抓起沙丁魚乾，撕碎後拋到院子。

吱！在庭院裡等候的萱鼠叫了一聲，靈巧地用嘴巴接住晴明拋來的沙丁魚乾，咬著魚乾消失在草叢中。

「那是給萱鼠的謝禮。」晴明回道。

「你家到底有些什麼鬼花樣，我完全搞不懂。」博雅的坐姿始終端正，耿直地嘆道。

方才聞到的那股甘甜花香，隨風四處飄蕩。

博雅望向庭院，庭院深處，白色梔子花星星點點地開著。

「梔子花好香啊。」

博雅語畢，晴明微笑著回說：「眞是希奇。」

「希奇？什麼希奇？」

「沒想到你才剛坐下，酒還沒下肚，就開始賞花了。」

「我又不是不解風雅的大老粗。」

「我知道，你是老實人。」

晴明端起酒瓶，爲兩人斟酒。

「今天我不是來喝酒的。」

「不過，也不是專程來拒絕喝酒的吧？」

「你嘴巴眞甜。」

「這酒的味道更甜。」說著，晴明已端起酒杯。

博雅依然端坐著，伸手舉起酒杯：「喝吧！」

「唔。」

兩人互敬一聲，仰頭喝盡杯中之酒。

這回輪到博雅在兩只空酒杯中倒酒。

「忠見大人還好吧？」晴明端起第二杯酒，邊喝邊問。

「嗯，值夜更時偶爾會碰見他。」博雅回道。

忠見，指的是壬生忠見。

去年三月，宮中清涼殿舉行了和歌競賽大會，壬生忠見因爲敗給了平兼盛，因而患上不飲不食之病，最後撒手塵寰。

忠見所作的和歌是：

迷戀伊人矣　我只自如常日行　風聲傳萬里
此情才萌發心頭　但望人人都不知

兼盛的和歌是：

私心藏密意　卻不覺形於言色　吾身之愛戀

怎的人人皆探問　為誰而若有所思

結果，忠見敗給了兼盛。

宮中眾人背地裡都說，忠見會生病，是因爲輸了和歌競賽。

從那以後，忠見的冤魂偶爾會出現在宮中，每次都哀戚地吟誦自己所作的〈迷戀伊人矣〉，在暗夜宮中漫步，最後消失無蹤。

僅是無害的幽靈。

「對了，博雅……」

「什麼事？」

「下次我們帶酒去聽忠見大人吟誦和歌吧。」

「別開玩笑了！」博雅張口結舌地望著晴明。

「這有什麼不好？」晴明端起酒杯喝了一口。

「我最近突然感覺人生實在無常，老是聽到一些有關幽靈的事。」

「是嗎？」晴明咬著沙丁魚做成的下酒菜，望著博雅。

「你聽過小野宮右大臣②實次看到**那個**的事嗎？」

「沒有。」

②相當於右丞相、右相國。

「大約七天前，實次進宮覲見皇上後，沿著大宮大路南行回家時，在牛車前發現一個小油罐。」
「唔。」
「聽說那小油罐跟活的一樣，在牛車前一直往前跳。實次覺得小油罐實在很奇怪，便跟著小油罐走，結果那小油罐停在某戶宅邸的大門前。」
「然後呢？」
「宅邸大門緊閉著，小油罐進不去。後來小油罐就朝著鑰匙孔跳呀跳，不知跳了多少次，最後終於達到目的，從鑰匙孔鑽進去了。」
「真有趣。」晴明輕聲道。
「回家後，實次一直惦記著這件事，便命人到那宅邸打探……」
「結果呢？那宅邸有人死了嗎？」
「晴明，你怎麼知道？去打探的下人回來向實次報告，說那宅邸有一位長年臥病在床的年輕姑娘，就在當天中午過世了。」
「果然如此。」
「沒想到這世上竟也有那種陰魂。」
「當然有吧。」

「晴明，難道非人也非動物的東西，也能夠顯魂？」

「那還用講。」晴明回答得乾脆爽快。

「我是說沒有生命的東西耶？」

「即使是沒有生命的東西，靈魂也會憑附其上。」

「怎麼可能？」

「當然可能，靈魂可以憑附在任何東西上。」

「連油罐也可以？」

「對。」

「眞是難以置信。」

「不只油罐，連隨處可見的小石頭都有靈魂。」

「爲什麼？我可以理解人或動物有靈魂，可是爲什麼連油罐和石頭也有靈魂？」

「那我問你，你不覺得人或動物有靈魂很奇怪嗎？」

「當然不奇怪啦。」

「那再問你，爲什麼人或動物有靈魂一點都不奇怪呢？」

「那是因爲……」博雅講到一半，頓住了。

「不爲什麼，反正人和動物有靈魂是理所當然的事。」
「所以我才問你到底爲什麼？」
「因爲……」博雅講到一半又頓住了。
「我不知道，晴明。本來我以爲答得出來，但是再一想，突然又完全搞不懂了。」博雅回答得很直率。
「你聽好，博雅，如果人或動物有靈魂是理所當然的事，那麼，油罐或石頭有靈魂也是理所當然的事。」
「唔。」
「油罐或石頭有靈魂是怪事的話，人或動物有靈魂也是怪事。」
「唔。」
「博雅，我再問你，所謂靈魂，到底是什麼東西？」
「晴明，別問我這種難題。」
「其實靈魂也是一種咒。」
「又扯上咒？」
「靈魂和咒可以視爲完全兩樣的東西，但也可以視爲相同的東西。關鍵在於我們怎麼看。」

「原來如此。」博雅一臉難以理解地點點頭。

「例如這兒有一塊石頭。」

「唔。」

「簡單說來，這石頭本來就命中注定內含『石頭』這個咒。」

「唔。」

「假設我抓著這石頭去毆打某人，而且把對方打死了……」

「唔。」

「那這石頭到底是石頭，還是武器？」

「唔……」博雅低聲沉吟了半晌。

「大概既是石頭，也是武器吧？」博雅回答。

「正是。博雅，你總算理解了。」

「我當然理解。」博雅拙口笨腮地點頭。

「我說靈魂與咒是同樣的東西，正是這意思。」

「是嗎？」

「也就是說，我在石頭上施了『武器』這個咒。」

「對了，忘了是什麼時候，你也說過名字就是最簡單的咒。」

「咒也是形形色色。名字是一種咒，將石頭當武器的行為，也等於是一種施咒行為。這是咒的基本道理。任何人都能夠施咒……」

「唔。」

「還有，古人曾說，只要形狀相似，靈魂便會附身，那可不是亂說的。」

「……」

「形狀也是咒的一種。」

「唔……」博雅又如墮五里霧中。

「例如這兒有塊形狀與人相似的石頭。」

「唔。」

「這石頭便是內含了『人』這個咒的石頭。形狀愈是相似，石頭本身所含的咒力就愈強，而石頭的靈魂也會帶點人的靈性。如果只是如此，其實也沒什麼大不了的，但是，如果只因為形狀像人，大家便膜拜那石頭的話，等於在石頭上又施下更強烈的咒。那麼，石頭的靈性便會更加強烈了。」

「原來如此。」

「某些會作祟的石頭，正是這種讓人膜拜了幾年、甚至幾十年的石頭。」

「原來是這樣啊？」

「正是這樣啊。本來只是普通的泥土，但經人捏弄，又燒成罐，就表示人又捏弄又燒火、費時費事地在泥土身上施下『罐』這個咒。也因此，其中一個罐化身爲鬼怪，惹禍招災，也就不值得大驚小怪了……」

「你是說，實次看到的那個油罐，正是這種泥土的其中之一？」

「也或許是沒有實體的鬼怪，化身爲油罐的形狀而已。」

「可是，爲什麼鬼怪要化身爲油罐的形狀？」

「我怎麼知道呢？我又沒親眼看到。」

「這下總算安心了。」

「爲什麼？」

「我還以爲你無所不知呢。要是你什麼事都知道得一清二楚，不是很令人懊惱嗎……」

「呵呵。」晴明微笑著，抓起沙丁魚乾拋進口中。

喝了一口酒後，晴明望著博雅，接著感慨萬分地深深嘆了一口氣。

「幹嘛？」博雅不解。

「我總是感到很不可思議。」

「什麼事不可思議？」

「例如，這兒有你，那兒有石頭之類的事。」
「又來了！晴明……」
「存在，是世上最不可思議的現象喔……」
「你說的咒才是世上最不可思議的事呢。」
「哈哈！」
「喂，晴明，你不要愈講愈複雜好不好？」
「我有嗎？」
「你最擅長把一件事講成一大堆歪理。石頭就是石頭，我就是我，這不就行了？眞虧你腦袋想一大堆還喝得下酒。」
「老實說，博雅，邊喝酒邊同你講這些歪理，我覺得挺愉快的……」
「我一點也不愉快。」
「那眞是抱歉了。」但晴明臉上絲毫沒有歉疚的神色。
「啐！」
晴明又爲博雅斟一杯酒，瞄了一眼博雅。
「對了，博雅，你今天來找我，究竟有什麼事？」晴明低聲問。
「喔，對！其實，有件事想請你幫忙。」

「什麼事？」

「除了身爲陰陽博士的你以外，沒人能幫得上的事。」博雅回道。

陰陽博士隸屬於皇宮中務省之下的陰陽寮，凡是負責天文、曆法、占卜等等的陰陽師，都稱爲陰陽博士。

陰陽博士不但會看方位、占卜，更會施行幻術及各類方術，而晴明在所有的陰陽師中，又別樹一幟。

他施行陰陽道祕法時，不一定每次都遵循古法，還全部捨棄了有關祕法的繁文縟禮，堅持自己的作法。

話雖如此，在某些公開場合施行陰陽道祕法時，他也能辦得無懈可擊。

晴明不但對民情物理瞭如指掌，甚至連在京城一隅賣春的妓女是誰都心知肚明，但在某些正式聚會，也能揮灑自如地寫下漢詩，博得公卿滿堂喝采。

他就像雲朵一樣，令人捉摸不定。

這樣的晴明不知爲何，竟和秉性耿直的博雅一見如故，始終維持著把酒話桑麻的友誼。

「到底是什麼事？」

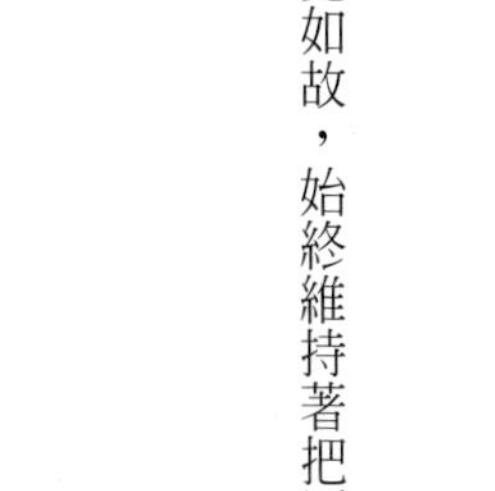

經晴明追問，博雅開始說明原委。

二

「我認識一位名為梶原資之的武士。」喝下一大口酒後，博雅才開口。

「唔。」晴明慢條斯理地啜飲著酒，傾耳細聽。

「資之年約三十九歲。之前本是圖書寮的官員，現在辭職不幹，當和尚去了。」

「為什麼要當和尚？」

「一年前他雙親同時因病去逝，頓時百感交集，便削髮為僧。」

「哦……」

「以下的話才是重點：資之入道的寺院，正是妙安寺。」

「在西邊桂川附近那座寺院？」

「對，穿過中御門大路，再往西過去那兒。」

「然後呢？」

「資之的法號是『壽水』，這傢伙為了供養雙親，決定抄寫《般若經》。」

「喔——」

「一天十次，說要連續抄寫一千天。」

「佩服！」

「到今天爲止，終於過了一百多天。可是壽水那傢伙，最近這八天來正爲一隻妖物③傷透了腦筋。」

「妖物？」

「對。」

「怎樣的妖物？」

「嗯……是個女妖物。」

「是女的？」

「而且這女的還相當妖艷哪。」

「你看過了？」

「不，我沒看過。」

「什麼嘛！」

「是資之……是壽水這樣講的啦。」

「算了。你先說說到底是怎樣的妖物吧。」

③本書中，以「妖物」通稱所有的鬼魂、生靈或妖怪。

「是這樣的，晴明……」

博雅再度端起酒杯，喝口酒後才開口：「一天晚上……」

博雅開始講述事情的來龍去脈。

那夜，戌時過後，壽水才準備就寢。

壽水睡在妙安寺別室的僧房內，每晚都在僧房獨眠。

妙安寺是座小寺院，和尚不到十人，加上壽水，總計只有八人。

那不是專門讓和尚在此修行的寺院，而是讓稍有名號的公卿與武士因故退休後，能夠安身立命的好地方。事實上，這也是妙安寺的用處。

待在妙安寺的人不必像密教僧那樣刻苦修行，也不像一般和尚受戒律的束縛，只要請親友不時捐點香油錢給寺院即可。他們不但偶爾能在吟風詠月的聚會中露面，也可以要求寺院提供別室僧房，當作自己的個人住屋。

那夜，壽水突然醒來。

起初他不知道自己清醒了，本以爲還在睡夢中，卻發現自己睜開雙眼，凝視著天花板發青的暗影。

爲什麼會突然醒來？

壽水轉頭一看，只見青藍月光照在面向庭院的紙窗上，映襯出楓葉葉影。

那是最近開始流行的紙糊小窗④。

外面似乎吹著微風，楓葉葉影在紙窗上微微搖動。

照在紙窗上的月光，明亮得有點刺眼。

從紙窗照進來的月光，將房內黑暗染成一片靜寂明澈的青藍。

壽水暗忖，大概是月光透過紙窗照在自己臉上，才覺醒過來。

外面到底是怎樣的月色呢……

壽水深受吸引，掀開被褥，拉開紙門。

沁涼的夜氣流入房間。

他探出半張臉仰望夜色，原來，在楓樹樹梢的天際，掛著皎潔的上弦月。

楓葉在月光下臨風搖曳。

壽水心頭一動，想到外面瞧個仔細。

便打開房門，跨出走廊。

黑色木板走廊與庭院之間沒有隔牆，平日木紋清晰可見的黎黑木板走廊，因表面覆上一層青藍月光，看來竟有如刷洗得玲瓏剔透的青黑色石磚。

庭院草木在夜氣中瀰漫幽香。

壽水踩在冰涼的走廊上，赤足前行，終於察覺到「那個」。

④在這之前，沒有紙糊的小窗。小窗通常離天花板很近。

所謂的「那個」，其實是人。

他往前走了幾步，只見走廊前方蜷曲著一塊黑影。

那黑影是何時出現的？

記得剛才步出走廊時，確實沒看到這東西呀。

不，也許是自己眼花看錯了，那黑影很可能一開始便在那兒了。

壽水頓住腳步。

是人。

而且是一個女人。

女人低垂著臉，跪坐在走廊上。

身上穿著綾羅單衣。

單衣底下似乎一絲不掛。

月光滑落在女人蜿蜒垂地的長髮上，散發著黑亮潤澤的光芒。

冷不防——

女人抬起臉來。

不過，只是微微抬高下巴而已。

從正面看去，女人依然低垂著臉，加上壽水是居高而望，更是無法看清女人的五官。

女人舉起右袖，遮住嘴巴，袖口中露出白皙的手指。她用長袖和手指遮掩著嘴，令人無法看清她的嘴巴。

女人漆黑的雙眸，正斜睨著壽水。

那是雙姣美又晶亮的眸子。眼神像是在哀訴什麼，直直凝望著壽水。

一雙愁苦、悲切的眸子。

「妳是誰？」壽水問。

然而，女人卻悶聲不響。

沙沙……回應的是隨風婆娑的楓葉。

「妳是誰？」壽水又問了一次。

女人依然悶聲不響。

「有什麼事嗎？」壽水繼續追問。

但是，女人還是悶聲不響。雖然不吭聲，雙眸中的悲淒神色卻益加濃厚。

壽水跨前一步細看，女人的模樣虛無縹緲，怎麼看也不像是這世上的東西。

「妖物嗎？」壽水再問，不料女人挪開了遮住嘴唇的手。

壽水大聲叫起來。

三

「晴明，那女人挪開手後，你猜後來怎樣了？」博雅問晴明。

「猜不出來。結果怎樣？快說。」晴明不加思索地回應。

「啐！」博雅啐了一聲，再望向晴明。

「那女人啊……」博雅放低聲調。

「唔。」

「那女人……沒有嘴巴！」博雅得意洋洋地望著晴明。

「然後呢？」晴明淡然地追問。

「你不覺得驚訝嗎？」

「很驚訝啊！所以叫你繼續講啊！」

「然後，那女人就消失了。」

「這樣就完了？」

「不，還沒完，還有下文。」
「喔。」
「她又出現了。」
「那女人？」
「第二天晚上……」
第二天晚上，壽水又於半夜醒來。
他依然無法理解自己爲什麼會在半夜醒來，皎潔的月光同樣照在紙窗上。
壽水想起昨晚的事，起身往走廊探看。
「結果，那女人又出現了。」
「之後呢？」
「跟前一晚一樣。那女人用袖口遮住嘴，再挪開袖口讓壽水看，最後又消失了……」
「眞有趣。」
「而且每晚都來。」
「哦。」
總之不知道究竟是什麼原因，壽水每晚都在半夜醒來，而且一到走廊，

就會看見那女人。

「那就不要去走廊啊。」

「可是他還是會醒來呀。」

據說壽水醒來之後，就算不到走廊那兒，那女人也會在不知不覺中坐在壽水枕頭邊，用袖口遮住嘴巴，俯視壽水。

「別的和尚知道這件事嗎？」

「好像還沒人知道，壽水似乎還沒向任何人提過。」

「明白了。也就是說，那女人連續出現了七天？」

「不，搞不好昨晚也出現了，那就連續八天了。」

「你什麼時候聽壽水說的？」

「昨天中午。」

「哦。」

「他知道我和你的交情，所以希望趁還沒人知道這件事的時候，請你幫他。」

「不過，我不能保證一定幫得上忙。」

「胡說！這世上有晴明辦不到的事嗎？」

「好吧，那就去一趟看看。」

「你肯幫忙啦？太好了。」

「我想看看那女人。」

「對了，我想起來了……」

「什麼事？」晴明問。

「第七天晚上，和其他幾晚有點不一樣。」

「怎麼個不一樣法？」

「你等等……」博雅右手伸進懷中，取出一張紙片，說：「你看這個。」然後將紙片遞給晴明。

紙片上寫著一些字。

「這不是和歌嗎？」晴明看了紙片上的字後，再問博雅。

紙片上的字是：

耳成山之花　祈盼摘得梔子花　解我心中事
染出黃底添紅藍　得我意中顏與色⑤

⑤耳成山盛產梔子花，別名梔子山。平安時代的人發明出先用梔子將布染成黃色，再添加紅花，便能成為緋色的技術。緋色是當時宮中女官熱愛的顏色。耳成（みみなし，miminashi）、梔子（くちなし，kuchinashi）的日文發音同「無耳」、「無口」，此處借用耳成與梔子，寄託吟歌人心中的戀情。

「大概是《古今集》的和歌。」晴明輕描淡寫地說。

「太厲害了！晴明，正是《古今集》的和歌，你怎麼知道？」博雅大聲喊道。

「只要曾經吟誦過一、二首和歌的人，大概都知道吧。」

「可是我就不知道。」

「不知道才好，這才像你。」

「什麼嘛，你又在戲弄我了！」博雅邊說，邊把剩下的酒全倒進喉嚨裡。

「接下來呢？這首和歌與那女人又有什麼關係？」

「嗯，第七晚，壽水那傢伙在枕頭邊擱盞燈火，閱讀《古今集》，讀著讀著就睡著了。他打算能撐著不睡就儘量撐，眞撐不過時再睡，以為這樣做就不會在半夜醒來。」

「原來如此。」

「結果還是沒用。他在半夜還是醒來了。醒來後一看，發現那女人坐在枕頭邊，而《古今集》正翻到有這首和歌的地方。」

「唔。」

「然後那女人用左手指著這首和歌。」

「之後呢？」

「故事到此結束。壽水望向書中那首和歌時，女人便靜悄悄地消失了。」

「真有趣。」晴明低聲道。

「你覺得有趣是很好，可是你應付得了嗎？」

「我怎麼知道能不能應付？我不是說過了，不知道能不能幫得上忙。總之，先來看這首和歌。那女人為什麼會指著這首和歌？」

「我完全猜不出來。」

博雅望向晴明手中的紙片：

我想得到耳成山的梔子花。用梔子花染成布後，便會成為無耳無口。別人既聽不到我內心的戀情，也無法流傳我內心的戀情……

和歌的大意如此。

博雅也懂得這首和歌的意思，但雖然懂得意思，卻不知道那女人為什麼指著這首和歌。

這是一首作者佚名的和歌。

「那女人沒有嘴巴一事，應該與和歌中的梔子花有關……」博雅說道，卻也只猜得出這點而已，其他完全猜不出來。

「怎樣？你猜得出來嗎？晴明……」

「我只是聯想起一、二個暗示而已……」

「是嗎？」

「總之，我們到妙安寺去看看好了。」

「喔！什麼時候去？」

「今晚就去吧。」

「今天晚上？」

「嗯。」晴明點頭。

「走吧。」

「走。」

事情就這樣決定了。

四

夜涼如水。

晴明和博雅躲在庭院草叢中，邊賞月邊等待著。

就快半夜了，正是女人將要出現的時刻。

一輪滿月高掛在夜空裡。往西移動了大半的滿月，發出青色月光，映照整個庭院。

兩人躲藏在草叢中，正面對著僧房走廊，月光也照在走廊上。

「時候快到了吧？」博雅開口。

「嗯。」晴明只是低低回應了一聲，悠然環顧著四周月光瀲灩的庭院光景。

涼風習習，吹得庭院樹木沙沙作響。風中飽含濕氣。

「嘿！」晴明在風中伸直鼻子聞了聞，叫出聲來。

「怎麼了？」博雅反問。

「這風——」晴明喃喃自語。

「風怎麼了？」

「快進入梅雨期了。」晴明輕聲回答。

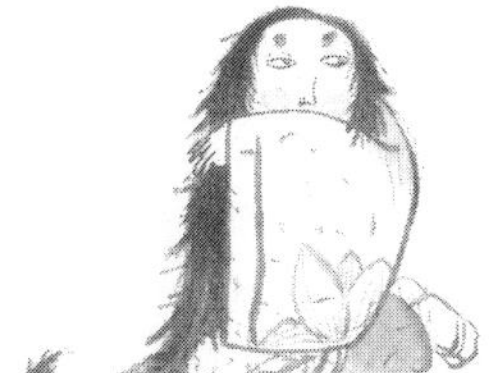

這時，一直注視著僧房的博雅，突然全身緊張了起來。

「門開了！」博雅通知晴明。

「唔。」晴明點頭。

僧房房門打開了，壽水自門內走出。

「女人出現了。」晴明說。

果然，走廊上出現了一團蜷曲的黑影。

正如晴明所說，黑影的確是個女人，而且是博雅描述過的，一絲不掛、只披件綾羅單衣的女人。

壽水和女人相對無言。

「走吧！」晴明悄聲道，從草叢中現身，步向走廊。博雅跟在晴明身後。穿過庭院來到走廊旁，晴明頓住腳步。

女人察覺晴明的出現，抬起臉來。果然還是用袖口遮住臉孔，黑色眸子直直凝視晴明。

那是雙似乎會把人吸進去的眸子。

晴明伸手從懷中取出一張紙片，遞到女人面前。月光下，只看到紙片上寫著一個字。

女人將視線移到紙片上，雙眸中浮現驚喜的神色，繼而挪開遮在臉上的袖子。臉上沒有嘴巴。

女人望著晴明，深深點了個頭。

「妳想要求什麼？」

女人恬靜地將臉轉到後方。之後，便消失了。

「消失了！晴明。」博雅興奮不已地說。

「我知道。」晴明回應。

「到底是什麼東西？你讓那女人看的紙片是什麼？」博雅探頭望向晴明還握在手上的紙片。

紙片上寫著：「如」。單單一個「如」字而已。

「她消失了。」壽水開口。

晴明向壽水喚了一聲，接著指向剛剛女人轉臉過去的方向，問道：「那兒是？」

「那裡是我平常抄經的房間……」壽水回答。

五

第二天早上，晴明、博雅、壽水三人聚集在抄經房裡。房間正面置著一張書桌，其上擱一冊《般若經》……是《般若波羅蜜多心經》。

「我可以看看嗎？」晴明問壽水。

「當然可以。」壽水點頭。

晴明拿起經文，一頁一頁迅速地翻閱，然後，手和視線停在其中一頁上。

「原來是這個……」晴明道。

「什麼？」博雅隔著晴明肩膀，探頭看著經文。

經文裡有很多字，其中有個字被大塊污漬給弄髒了。

「這就是那女人的原形吧。」晴明自言自語。

色即是空

空即是色

接下來的文字是：

受想行識亦復女是

文中有個「女」字，這「女」字的右邊，被墨汁給髒污了。原文應爲「亦復如是」才正確。

「爲什麼這就是那女人的原形？」壽水不解。

「正是這個，《般若經》裡的一個字化爲妖物跑出來了。」晴明解釋。

「這是你弄髒的嗎？」晴明再問壽水，指著「女」字旁的污點。

「是的。我在抄經時，不小心滴了一滴墨而弄髒的。」

「那就好辦了。請你準備毛筆、墨汁、紙和漿糊好嗎？」晴明吩咐。

壽水馬上去準備了東西出來。

晴明裁下一小張紙片，用漿糊黏在「女」字旁的墨漬上，再拿起毛筆沾滿墨汁，在剛黏上去的紙片上寫下「口」。

這樣一來，「女」就變成了「如」。

「原來如此！原來是這麼一回事！晴明。」博雅啪地拍了一下手掌，「難怪那女人沒有嘴巴！」

博雅佩服萬分地望著晴明。

「如此一來，以後那女人便不會再出現了。」晴明回道。

「你說過任何東西都有靈的存在，果然沒錯。」博雅一臉恍然大悟的樣子，連連點頭。

晴明轉過頭，在博雅肚子頂了一肘：「怎樣？我說得沒錯吧！」

「沒錯。」

「梅雨開始下了。」晴明道。

博雅往外一看，只見比針還細、比絲綢還柔軟的毛毛雨，降落在綠意盎然的庭院，無聲無息地打溼了草叢。

之後，女人再也沒出現過了。

黑川主

一

這晚，夜色美得連靈魂也清澈透底。

蟲子叫個不停。

邯鄲①、鈴蟲、螞蚱。

這些昆蟲在草叢中一直叫個不停。

高懸在空中的上弦月，已經往西移動了大半。

此時，月亮應該正在嵐山上方。

幾朵銀色浮雲飄遊在月亮四周。浮雲在夜空上隨風往東流蕩，使月亮看起來好像正以肉眼可見的速度往西移動。

空中有無數星斗。

庭院草叢沾滿夜露，在黑暗中點點發光。宛如天上的星辰棲宿在每一滴露水中。

庭院中，有夜空。

「今晚實在很美，晴明……」說這句話的是博雅。

源博雅朝臣，身分是武士。

①樹蟋的一種。俗名是竹鈴、邯鄲。

長得一副耿直模樣，但不時露出無以形容又討人喜歡的嬌憨情態。說是嬌憨，其實不是女人那種婀娜多姿的嬌憨。這男人連嬌憨神態都顯得粗獷剛硬。他說「今晚很美」，也是出自內心平鋪直敘的話。

「今晚很美」這句話，不是奉承，也非故作雍容文雅，而是內心眞如此想，才情不自禁脫口而出，連聽者也能感受到他那直肚直腸的性格。

這種說法，就跟如果眼前有隻狗，他會直接用「這兒有隻狗」來表達的說法類似。

晴明聽博雅這麼說，只回應一聲：「哦。」說完抬頭仰望月亮。

似乎認眞聽著博雅說話，又似乎完全不在意。

這男人全身裹著一層不可思議的氛圍。

名爲安倍晴明，是位陰陽師。

膚色白皙，鼻梁挺直。黑色眼睛帶點茶褐色。

身上隨意披件白色狩衣，背倚著走廊柱子。右手握著剛剛喝光的空酒杯，臂肘擱在支起的右膝上。

他面前盤腿而坐的正是博雅。

兩人間擺著還剩半瓶酒的酒瓶和一盤灑上鹽巴烤熟的香魚。

餐盤旁另有一燈燭盤，火焰在盤上搖搖晃晃。

這天傍晚，博雅來到位於土御門小路的晴明宅邸。如往常一般，不帶任何隨從。

「晴明在嗎？」博雅右手提著盛水的水桶，呼喚著穿過敞開的大門。

盤子上的香魚，正是先前在水桶中游來游去的香魚。

博雅特地親自提這桶香魚來給晴明。

在朝廷當官的武士，不帶隨從且親自提著裝香魚的水桶走在路上，是極爲罕見的事，但博雅似乎生性不拘小節，一點也不在意。

難得今天晴明親自出來迎接博雅。

「你眞是晴明嗎……」博雅問出來迎客的晴明。

「是啊。」

晴明回道，但博雅仍半信半疑地望著晴明。

因爲博雅每次到晴明宅邸時，最先出來迎客的總是一些莫名其妙的精靈或老鼠。

「這香魚眞不錯。」晴明俯身探看博雅提來的水桶。

水桶中的香魚很肥，偶爾現出鈍刀般顏色的魚肚，一閃一閃地在水桶中

游動。

香魚共六尾，正是眼前盤子上烤熟的香魚。

晴明和博雅各吃掉二尾香魚後，只剩二尾。

博雅說完「今晚很美」後，視線移到香魚上。

「想想，實在很不可思議，晴明……」博雅端起酒杯喝了一口，向晴明說。

「什麼事不可思議？」晴明回問。

「你這棟房子。」

「這棟房子什麼地方不可思議？」

「看不出有其他人在這兒。」

「這有什麼好奇怪的？」

「看不出有其他人在這兒，香魚卻烤熟了。」博雅回道。

博雅會覺得不可思議，其實有他的理由。

剛才博雅進來後，晴明先帶他來到這走廊，說：「我去找人料理一下香魚……」

然後便提著香魚水桶消失在裡屋。

過一會兒，晴明出來時，手上沒有水桶，而是端著盛有酒瓶和兩只酒杯的托盤。

「香魚呢？」博雅問。

「已經叫人烤了。」晴明只是穩靜地回答。

兩人閒情逸緻對飲了片刻，晴明又說：「應該烤好了。」

說畢，晴明起身再度消失於裡屋。當他從裡屋出來時，手上正端著盛有烤熟香魚的盤子。

正是因爲有這種事，博雅才覺得不可思議。

當時晴明到底消失在寬敞宅邸內哪個房間，博雅不得而知。此外，也沒有任何烤香魚的跡象。

別說烤香魚，宅邸內除了晴明以外，根本沒有其他人的動靜。

每次來訪，博雅偶爾會遇到其他人，但人數都不一樣。有時很多人，有時只有一人，也有空無一人的時候。這麼寬敞的宅邸，當然不可能只有晴明一人獨居，但宅邸內到底有多少人在，博雅完全推測不出來。

或許宅邸內根本沒有其他眞正的人，晴明只在必要時，才會使喚式神；也或許眞的有其他一、二人在，不過博雅老是分辨不出來。

即便問晴明，晴明也總是笑笑而已，從來沒給博雅答案。

因而博雅才會假借香魚之事，再度問及這棟宅邸的內情。

「香魚不是人烤的，是火烤的。」晴明回答。

「什麼意思？」

「不一定要真正的人在一旁看守。」

「你讓式神烤的？」

「你說呢？」

「晴明，老實回答。」

「我剛剛說不一定要真正的人在一旁看守，意思是，也可以由真正的人在一旁看守呀。」

「到底是人還是式神？」

「人或式神都無所謂啊。」

「我想知道。」博雅堅持。

晴明收回仰望天空的視線，首次正視博雅。嘴角含著微笑。雙唇紅得宛如微微塗上一層唇膏。

「那再來談咒好了。」晴明說。

「又要談咒？」

「嗯。」

「我已經開始頭痛了。」

晴明望著博雅，微笑起來。

過去博雅曾聽晴明說，這世上最短的咒是名稱，連隨處可見的石頭也是咒的一種。類似的話題，博雅已聽過多次了。

每次舊話重提，總是令博雅愈聽愈糊塗。

當晴明講解咒的那瞬間，博雅會感覺好像聽懂了，可是一旦晴明說完，問起有何感想時，他又會如墮五里霧中。

「使喚式神時當然得仰仗咒，不過，要使喚眞正的人，也得仰仗咒。」

「……」

「不管是用金錢束縛或用咒束縛，基本上都一樣。而且和名稱是同樣原理，咒的本質取決於當事者……在於接受咒術的那人身上……」

「唔。」

「同樣用『金錢』這個咒去束縛別人，有些人願意接受，有些人卻不願。而不願接受金錢束縛的人，有時卻難躲『戀愛』這個咒的束縛。」

「唔，唔。」

博雅專注得全身都繃緊了，一副似懂非懂的表情，抱著胳膊回應。

「晴明，拜託你回到原來的話題好不好？」

「什麼話題？」

「喔，我剛剛是說，這房子好像沒有其他人在，可是香魚卻烤熟了，我覺得很不可思議。」

「唔。」

「所以才問你是不是叫式神烤的。」

「是人或式神，不都一樣嗎？」

「不一樣。」

「不管是人還是式神，反正都是咒烤熟香魚的。」

「你到底想說什麼，我完全聽不懂。」

博雅這人，連語調都很耿直。

「我只是想說，不管香魚是人或式神烤熟的，都一樣嘛。」

「哪裡一樣？」

「博雅，你聽好，如果香魚是我叫人烤的，你不會覺得不可思議吧？」

「沒錯。」

「那如果是我叫式神烤的，也沒什麼不可思議呀。」

「唔……」

「眞正不可思議的其實不是這種事。沒下命令——換句話說，沒施任何咒術，香魚卻自動烤熟了，這才是眞正不可思議的事。」

「唔……」博雅抱著胳膊苦思起來，「不，不，你不要騙我，晴明……」

「我沒騙你。」

「不，你正想騙我。」

「眞是傷腦筋。」

「別傷腦筋，晴明。我想知道的是，烤香魚時，在一旁『看守』火的，到底是人還是式神，你只要回答這一點就可以了。」博雅單刀直入地問。

「回答這點就可以嗎？」

「對。」

「是式神。」晴明回答得很爽快。

「原來是式神。」博雅看似鬆了一口氣。

「明白了？」

「啊，明白了，可是……」博雅的表情似是意猶未足。
「怎麼了？」
「總覺得答案太簡單了，不過癮。」博雅自己斟酒，端起酒杯舉到嘴邊。
「答案太簡單，不好玩嗎？」
「嗯。」說畢，博雅放回空酒杯。
「你真是老實人。」晴明回道，接著將視線移至庭院，潔白牙齒咬著右手上烤熟的香魚。
庭院雜草叢生。幾乎從來沒修整過。
有如用唐破風圍牆圈住一片山野荒地而已。
鴨跖草、羅漢柏②、魚腥草③……
山野隨處可見的雜草繁生在庭院內。
高大的山毛櫸下，繡球花開著暗淡青紫色花團，粗大樟木上則纏著紫藤，庭院一隅是一簇花瓣已落的燈籠花。芒草也已經長得很高。
這些野草蹲踞在黑暗中。
在博雅眼裡，這只是黑漆漆一片、野草叢生的庭院，但晴明似乎可以辨

②日文為「檜葉」，學名是*Thujopsis dolabrata*。
③蕺菜，學名*Houttuynia cordata*，因全株帶有強烈的魚腥味，又名魚腥草。可入藥。

別各式各樣的花草。

不過，博雅還是醉心於低照在庭院的月光，及看似棲歇著星辰的草叢露珠。

花草和樹葉隨著吹拂在庭院中的晚風，在黑暗中沙沙作響，這番景致令博雅心曠神怡。

文月。

這晚是陰曆七月三日。

換算成現代陽曆，應該是七月底或八月初。

時令是夏天。

白天即使紋絲不動地躲在樹蔭下，也會流汗；但在有風的夜晚，坐在面對庭院的木板走廊上，還是享受得到涼意。

棲歇在樹葉和草叢的露珠冰涼了整座庭院，使得大氣沁涼如水。

喝著喝著，草叢上的露珠似乎益加增大，彷彿都結了果實。

這是個天上星辰一一降落在庭院草叢般的透明夜晚。

晴明將吃剩的香魚魚頭和魚骨，隨手拋到庭院草叢中。

沙沙！

草叢中傳出聲響，草叢搖晃的聲響逐漸消失在黑暗彼方。

聲音響起的瞬間，博雅望見草叢內閃爍著一雙綠色亮光。是動物的眼睛。

看樣子，草叢內有小動物啣住晴明拋出的香魚魚骨，然後飛奔而去。

「那是幫忙烤香魚的謝禮……」

晴明察覺到博雅滿臉疑惑地望著自己，開口說明。

「噢。」博雅老實地點頭。

兩人一陣沉默。

晚風習習，庭院草叢隨風擺動，搖晃著黑暗中點點星光。

突然──

地面星光中浮出一道青黃亮光，緩緩畫出弧線。那亮光彷彿呼吸著黑暗，忽強忽弱，重複數次後，又突然消失。

「螢火蟲……」

「螢火蟲……」

晴明和博雅不約而同地喃喃自語。

又是一陣靜寂沉默。

這其間，螢火蟲飛來了兩趟。

「差不多可以說了吧，博雅。」晴明冷不防低聲說道，視線依然望向庭院。

「說什麼？」

「你今天應該有事相求才來的吧？」晴明回道。

「原來你早就知道了……」博雅不好意思地搔搔頭。

「嗯，知道。」

「我眞是個老實人。」不等晴明說，博雅自己先講出這句話。

「那麼，是什麼事？」晴明問，仍憑倚著廊柱，望著博雅。

燈燭盤上的小小火焰晃來晃去，晴明的臉頰也映照著火焰顏色。

「晴明，你聽我說……」博雅傾前身子。

「什麼事？」

「剛剛的香魚好吃嗎？」

「嗯，那香魚很肥。」

「正是爲了那香魚。」

「香魚怎麼了？」

「老實說，那香魚是人家送的。」
「哦。」
「送我香魚的，是以鸕鶿捕魚爲生的賀茂忠輔……」
「是那位千手忠輔？」
「對，正是那位忠輔。」
「他不是住在法成寺附近嗎？」
「你怎麼知道？他家在鴨川附近，家裡養著鸕鶿。」
「他怎麼了？」
「最近碰上怪事了。」博雅壓低聲音說。
「怪事？」
「嗯。」
博雅收回傾前的身子，點頭繼續道：「那位忠輔是我母系的遠親……」
「哦，原來他有武士血統……」
「不，正確說來應該沒有。有武士血統的是忠輔的外孫女……」
「我懂了。」
「簡單說來，就是我母系那邊有個男人，那男人的女兒正是忠輔的外孫女。」

「唔。」

「那男人相當好色，看上忠輔之女，有一陣子定期往返忠輔家。結果，女兒懷孕生下的，正是外孫女綾子。」

「原來如此。」

「幾年前，忠輔之女和那好色男人相繼病逝，不過綾子平安無事成長了，今年將滿十九歲……」

「然後呢？」

「那外孫女綾子遇到了怪事。」

「到底是什麼怪事？」

「我也不大清楚，聽說好像讓妖物附身了。」

「哦。」晴明臉上露出得意微笑，望著博雅。

「昨晚忠輔來向我訴苦，聽他說完來龍去脈，我就想這應該是你的分內事，所以今天才提著香魚過來。」

「說詳細一點吧。」

聽晴明如此說，博雅開始吶吶講解。

二

忠輔家世世代代以鸕鶿捕魚爲生。

忠輔是第四代。今年虛歲六十二歲。

在法成寺附近、鴨川靠西的地方，蓋了一棟房子，和外孫女綾子同住。髮妻於八年前過世了。

膝下本來有個女兒，後來有男人往返忠輔家，那女兒又生下一個女兒。正是忠輔的外孫女綾子。

忠輔的女兒——也就是綾子的母親，於五年前綾子十四歲時，因傳染病過世，享年三十六歲。

綾子的父親本來打算領養綾子，卻在同一時期也因傳染病而過世。

忠輔便和外孫女相依爲命過了五年。

忠輔身爲鸕鶿匠，是個高手。

由於能夠一次操縱二十隻以上鸕鶿，技藝過人，於是博得「千手忠輔」的讚詞。

朝廷允許他出入宮中，每逢公卿泛舟出遊時，也經常請他同行，表演鸕鷀捕魚。

至今爲止，也有公卿想聘他當私人鸕鷀匠，忠輔卻一概拒絕，一直持續孤家捕魚的生活。

兩個月前，忠輔察覺外孫女綾子似乎有了戀人。

好像有男人時時往返綾子房間。

忠輔和綾子分別睡在各自的房間。

綾子滿十四歲之前，爺孫兩人同睡在一間房裡，綾子母親過世半年後，兩人才分開各自睡在自己房間。一個多月前某天夜晚，忠輔發現綾子似乎偶爾不在自己房內。

那天夜晚，忠輔於半夜突然醒來。

外面正在下雨。

柔軟濕潤的雨絲似乎不停落在屋頂上。

就寢前明明沒下雨，可能是半夜才下起雨的。

時間約是剛過子時不久。

……怎麼會突然醒來？

忠輔感到很詫異，這時，外面傳來一陣水聲。

忠輔才猛然想起，原來在睡夢中也聽到同樣的水聲。

正是水聲吵醒了忠輔。

庭院溝渠中似乎有什麼東西在跳躍。

忠輔自鴨川引水到自家庭院，挖了溝渠蓄水，再將捕回來的香魚、鯽魚、鯉魚等等都養在溝渠裡。

起初，忠輔以爲是溝渠裡的鯉魚或其他魚在跳躍。

想著想著，又打起盹來。似醒非醒時，再度聽到水聲。

啪嗒！

聲音響起。

也許是水獺或其他動物跑來，想偷吃溝渠內的魚。要不然，便是鸕鶿溜出來跳到溝渠中了。

忠輔起身打算到外面看看，於是點上燈火。

簡單整理一下身上的服裝，正要出門時，突然想到一件事。

外孫女綾子呢？

因爲家中一點動靜也沒有。

「綾子……」

忠輔先叫喚了一聲，再打開外孫女的房門。

本應在房裡睡覺的綾子卻不見蹤影。

昏暗狹窄的房間內，只見忠輔手中的燭光搖來晃去。

本以爲是到外面小解了，內心卻總覺得不對勁。

忠輔來到大門前，打開大門走到外面。

一走出去，正好與綾子打了照面。

綾子那對水汪汪的眼睛看了忠輔一眼，默默無言地進入屋裡。

大概在外面淋了雨，濕漉漉的頭髮和身上的衣服幾乎可以擰出水來。

「綾子……」

忠輔叫喚外孫女，綾子卻不回應。

「妳到底去哪裡了？」

綾子不理會身後響起的喚聲，逕自走入自己房間，關上房門。

當天晚上僅是如此而已。

第二天早上，忠輔向綾子問起昨晚的事，綾子卻搖頭不語，似乎完全沒有記憶。態度和往常一樣，令忠輔甚至懷疑是不是自己睡得迷糊而作夢了。

過幾天，忠輔便忘記了這回事。
忠輔再度遭遇類似經驗時，是這件事過後第十天夜晚。
這晚和最初那晚一樣。
半夜突然醒來。
醒來後聽到水聲。
依然是自外面溝渠傳來的聲音。
啪嗒！
聲音響起。
那不是魚在水中跳躍的聲音。
而是相當大的東西敲打水面的聲音。傾耳細聽，忠輔又聽到了。
啪嗒！
聲音響起。
忠輔想起十天前夜晚的事，於是不出聲響地爬起來。
這回顧不得整理身上的服裝，也沒點上燈火，躡手躡腳摸到綾子房間。
打開房門。
窗外月光隱約照射進來，忠輔朦朦朧朧地看見房內情景。

房內空無一人。
一股惡臭衝鼻而來。
是動物的惡臭。
伸手觸摸被褥，忠輔發現被褥濕漉漉的。
啪嗒！
外面又傳來聲響。
忠輔悄悄來到門口，伸手抓住門閂。正想拉開門時又打消主意。
萬一就這樣把門拉開，在外面溝渠內弄出水聲的人很可能會察覺。
於是忠輔從後門出去。
彎著腰、輕手輕腳繞過房子，來到庭院溝渠這方。
躲在房子一角，偷偷探頭。
月光照射在庭院中。
溝渠反映著月光，照見某個東西在水中晃動。
白色東西——
是一絲不掛的人體，而且是女人。
女人的軀體浸泡在水深高達腰部的溝渠中，全神貫注凝視著水面。

「綾子……」忠輔目瞪口呆地低喚。
女人正是忠輔的外孫女綾子。
綾子全身一絲不掛，浸泡在高達腰部以上的水中，雙眼圓睜，瞪視著水面。
月光映照在她身上。
青白月光滑動在綾子白皙濕潤的肌膚上，閃閃發光。
很美的光景，卻異乎尋常。
況且，綾子口中竟然咬著一尾肥大香魚。
就在忠輔注視之下，綾子發出聲音，開始嘎滋嘎滋大吃大嚼起活生生的香魚魚頭。
那姿態眞是令人驚奇駭異。
吃完香魚後，綾子伸舌舔去嘴唇四周的血跡。
舌頭長度約是平常的兩倍以上。
啪嗒！
綾子埋頭潛入水中，水面濺起月光飛沫。
頭部抬出水面時，綾子這回咬著一尾鯉魚。

冷不防，一旁傳來啪啪聲響。是拍手稱快聲。
忠輔移動視線，發現溝渠一旁站著個男人。
是個身材中等、脖子細長的男人，身上穿著黑色狩衣、黑色褲裙。
因此在夜色裡忠輔才沒察覺那男人的存在。
「精采，精采……」男人面帶微笑望著綾子。
除了鼻子又大又尖以外，外貌並無引人注目的特徵，給人平板沒有表情的印象，眼睛卻相當大。
那男人面無表情，嘴脣往兩側一拉，不出聲響地微笑著。
「吃下……」
男人低道，綾子聽了又開始狼吞虎嚥起口中的鯉魚，連魚鱗也不刮，便活生生地從魚頭吃起。
忠輔看得毛骨悚然。
綾子就那樣在忠輔眼前不留魚骨地吃掉一尾鯉魚。
綾子再度潛入水中。
啪嗒一聲，頭抬出水面。
口中咬著一尾香魚。

一尾肥大的香魚。

「綾子！」忠輔叫出聲，從陰暗處現身。

綾子望向忠輔。

剎時，綾子口中的香魚大力跳躍了一下，掉到水中。

從鴨川引進溝渠的水流，在出口處以竹編柵門堵著。這樣可以讓河水流出，又可以避免溝渠中的魚逃出去。

跳躍的香魚越過竹編柵門，在柵門另一方細長水流中翻躍。

「氣人！」綾子齜牙咧嘴，氣憤憤吐出一口不像是人的呼氣。再抬起臉來，直直望向忠輔。

「妳在做什麼？」

忠輔問畢，綾子立即咬牙切齒，橫眉怒目望著忠輔。

「原來是老頭子出來了……」

站在溝渠邊緣、身穿黑色狩衣的男人開口。

「下次再來吧……」

男人說畢，掉轉過身子，不一忽兒便消失在黑暗中。

三

「原來如此。」晴明先開口，興致勃勃地瞇眼望著博雅，道出感想，「聽起來滿有趣的。」

「你別幸災樂禍，晴明，當事者可不知如何是好呢。」

博雅正經八百地回望著面帶微笑的晴明。

「再說下去呀，博雅。」

「嗯。」

博雅說畢，又往前探出上半身。

「第二天早上，綾子對於自己昨晚到底做了些什麼事，完全不記得。」

「然後呢……」

「故事從這兒才要開始。那時候，忠輔才發覺一件事。」

「什麼事？」

「綾子的腹中好像懷了不知道是誰的孩子。」

「喔。」

「看上去似乎懷孕了，肚子也挺出來了。」

「唔。」

「綾子母親往昔也是這樣，如果綾子也跟她母親一般，因與男人偷期暗會而懷了孩子，忠輔肯定會很傷心。這也難怪，忠輔已經六十二歲了，也不知還能照顧綾子多久。所以，忠輔暗想，如果是良緣，盡可能讓綾子嫁給那男人，萬一環境不允許，當個金屋藏嬌的寵妾也可以……」

「唔。」

「結果啊，晴明……」

「噢。」

「對方似乎不是普通人。」

「有可能。」

「忠輔猜測那可能是妖物化身。」

「喔。」

「所以忠輔想了個點子。」

「什麼點子？」

「反正問綾子大概也得不出答案，於是忠輔便想直接揭穿那男人的眞面目。」

「很有意思。」

「你別幸災樂禍！晴明！結果，忠輔決定伏擊那男人。」

「唔。」

「那個來偷香竊玉的男人，似乎每次都先到綾子房間，之後再帶綾子到外面，讓她吃溝渠中的魚。」

「唔。」

「忠輔每晚都守夜不睡，打算等男人來的時候逮個正著；就算逮不著，也打算問清他目的何在。」

「嗯，嗯。」

「等呀等著，當晚那男人沒來，第二天晚上男人也沒出現。」

「不過，最後還是來了吧？」

「來了。」博雅回道。

四

忠輔一到夜晚便徹夜守候。

每當綾子睡著後，就翻身爬起，懷中藏著一把柴刀，屏氣攝息地坐在自己被褥上等待。

然而，眞的天天盼望那男人來時，卻偏偏不出現。

第一晚未生事端，不知不覺中，天色逐漸轉白。

第二晚、第三晚也一樣安然無事。

忠輔每晚只能在天邊逐漸發白後，趁機睡個片刻而已。

直到第四晚快天亮時，忠輔開始懷疑那男人大概因爲東窗事發，以後不會再來了。

然後，是第五天晚上。

忠輔一如前幾夜，盤腿坐在自己的被褥上，抱著胳膊靜待來客。

四周一片黑暗。

眼前浮出綾子最近急速膨脹起來的肚子，憐憫之情油然而生。

黑暗中，隱約傳來綾子的細微鼾聲。

聽了一陣子，忠輔也感到有點睏了，於是昏昏沉沉打起盹來。

待外面飼養的那些鸕鶿喊喊喳喳吵起來，忠輔才睜開雙眼，陡然清醒。

不料，黑暗中竟傳來敲門聲。

忠輔起身點上亮光。

「忠輔大人……」

門外有人呼喚。忠輔舉著亮光開門，門外站著前幾天看到的那男人。

那個身穿黑色狩衣、黑色褲裙，眉清目秀的男人。

身邊跟著一名十歲左右的女娃隨從。

「你是……」忠輔問對方。

「大家都叫我黑川主。」男人答道。

忠輔舉起亮光照亮來客，仔細端詳了男人和女娃。

男人五官長得丰神俊美，卻流露著某種無以形容的卑賤氣質，頭髮濕漉漉的，身上散發出一股野獸腥味。

將亮光朝向他時，他似乎感覺刺眼，把臉轉向一邊。

至於女娃，定睛細看，可以發覺女娃嘴巴很大。令人不寒而慄。

……這果然不是人。

忠輔猜測來客一定是妖物的化身。

「黑川主大人，請問有何貴事？」忠輔問。

「綾子姑娘眞是美貌無雙，所以我想迎娶爲妻。」男人厚顏回答，吐出

的氣息帶著魚腥味。

男人和女娃在黑暗中步行而來，手中卻沒提任何燈火。

這不可能是人。

忠輔先讓來客進門，自己則繞到兩人身後，手探入懷中握住柴刀。

「綾子姑娘，妳在嗎？」

忠輔不由分說，掏出柴刀用力砍向呼喚綾子的黑川主背部，卻沒有砍中的感覺。

柴刀刀刃只砍到黑川主本來穿在身上的黑狩衣，那件狩衣輕飄飄地落在地上。

定睛一看，綾子的房門已敞開，黑川主赤身裸體站在綾子房間內。忠輔剛好可以看到黑川主背部。

黑川主臀部長著一條烏黑粗大的尾巴。

你這個東西！

忠輔想跨出腳步，雙腳卻不能動彈。不只是雙腳。結果，忠輔握著柴刀，就那樣僵立在原地。

綾子浮現滿心歡喜的微笑，站了起來，似乎對忠輔僵立在一旁的事，完全視若無睹。

綾子輕盈地褪去身上的衣服，裸露出全身。

窗外照射進來的月光，令綾子那白皙的裸身一覽無遺。

兩人就地緊緊摟在一起。

綾子拉著黑川主的手，誘引般地自己先橫躺在被褥上。

隨後大約數時辰，兩人在忠輔眼前縱情做出不堪入目的醜態。

完事後，兩人一絲不掛便走出門。

外面傳來水聲。

兩人似乎在溝渠中撈魚。

回來時，兩人手中都各自握著又肥又大的鮮鯉魚。接著狼吞虎嚥地吃起手中的鯉魚，不留任何一根魚骨、魚尾、魚鱗。

「我會再來。」

黑川主說畢轉身離去，這時，忠輔的身體才恢復自由。

忠輔奔到綾子身旁，綾子已呼呼睡著了。

隔天早上綾子醒來時，依然什麼都不記得。

之後，男人每晚都會出現。

每當男人將要出現之前，無論忠輔再如何抵抗，還是會昏昏欲睡。半睡半醒間，猛一瞧，男人已進入家裡。

男人和綾子每次都會做了不堪言狀的醜態後，再一起到外面撈魚，回來時再啃咬捕獲的鮮魚。

男人回去後，隔天綾子醒來時，仍舊不記得前一晚發生的事。

只見綾子的肚子愈來愈大……

而且每晚都重複著同樣過程。

最後忠輔實在無法忍受，就到八條大路以西的郊區，找一位名叫智應的方士。

智應約兩年前從關東地方來到京城定居，據說擅長替人斷怪除妖。

年約五十歲左右，目光炯炯，留著一把鬍鬚，身材魁偉。

「原來如此。」

聽了忠輔的描述，智應撫摩著鬍子回說：「三天後的晚上，我會登門拜訪。」

三天後傍晚，智應如約來到忠輔家。

由於已事前商定，忠輔故意叫綾子出門辦事，所以綾子不在家。

房子一隅放有倒置的竹編大籠子，智應鑽進籠內躲起來。

躲入之前，智應先將香魚烤焦、磨成粉末，灑在籠子四周。這些事前準備是智應親自做的。

夜晚子時，黑川主果然又出現了。

一進門，黑川主便抽動鼻子。

「咦？」黑川主微歪著頭，「有其他人在？」

喃喃說畢，立即目光銳利地環視四周。

他應該看到了竹籠，卻視而不見地瞥過。

「原來是香魚。」黑川主自以爲是地喃喃自語。

「綾子在嗎？」問畢，便習以爲常地跨進綾子房間。

兩人又在房內做出見不得人的行止時，智應才從竹籠內爬出來。

如往常一樣，忠輔全身不能動彈，但智應不愧是方士，可以自由活動。

忠輔見智應偷偷潛入綾子房內，再見他自懷中取出一把短刀。

黑川主毫無所知，忘情地凌辱綾子。

黑尾巴不時拍打在地板上，發出啪嗒啪嗒聲響。

智應手中短刀的刀尖朝下，霍地用力戳刺，貫穿了黑川主的尾巴，固定

在地板上。
咆！黑川主發出野獸叫聲，往上飛躍。
但短刀貫穿尾巴且固定在地板上，黑川主跳不到多高，又立刻掉落下來。
智應又從懷中取出繩索，不一忽兒，便將黑川主綑綁起來。
這時，忠輔的身體也恢復了自由。
「綾子……」忠輔奔到外孫女身邊。
然而，綾子卻保持著黑川主凌辱她時的姿勢，文風不動，雙眼緊閉，鼻孔發出輕微鼾聲。
原來綾子還在睡夢中。
「綾子！」忠輔呼喚外孫女，可是綾子依然不省人事。
她仰躺在被褥上，一直熟睡著。
「我抓住妖物了！」智應開口。
「原來你設計陷害我，忠輔……」黑川主低吼，恨得咬牙切齒。
「綾子還是昏迷不醒。」忠輔向智應道。
「我看看。」

智應先將黑川主綁在柱子上，再挨近綾子身邊。

智應伸手貼在綾子身上，又唸了各種咒文，但綾子依舊仰躺在被褥上鼾鼾沉睡。

黑川主見狀，仰天大笑。

「憑你能叫醒她嗎？只有我才知道能讓她醒來的方法。」黑川主放言道。

智應逼問：「說！是什麼方法？」

「不說。」黑川主回應。

「快說！」

「你解開我的繩索，我就說。」

「解開繩索的話，你不就會立即逃走？」

「呵呵。」

「你大概不是人，而是妖物。應該現出原形了吧？」

「我是人。」黑川主不承認。

「人怎麼會有尾巴？」

「有沒有尾巴都不重要。如果不是一時粗心大意，像你這種癟三方士怎

麼可能拿我有辦法?」

「可是我逮住你了。」

「哼!」

「快說!怎麼讓她醒來?」

「先解開繩索再說……」

如此一問一答直至天亮。

「不說的話,就挖你眼珠!」

「哼!」

黑川主剛說畢,智應便猝然用短刀戳進黑川主左眼,轉動了一圈。

黑川主再度發出野獸的咆哮聲,卻依然緘口不言。

……天亮了。

太陽升上天際,陽光剛從窗外射進來那一刻,黑川主的聲調便減小許多。

智應看他似乎很怕陽光,乾脆把他拉到外面,重新綁在樹幹上。

由於繩索長度有餘,黑川主就像綁在樹幹上的狗,可以在繩索繞出的半徑圈內活動。

曝曬在陽光底下一陣子，不消多久，黑川主便氣息奄奄了。
「好吧。」
最後，黑川主終於開口。
「我告訴你怎麼讓她醒來的方法，所以能不能給我一杯水？」
黑川主以乞求的眼神望著智應與忠輔。
「給你水，你就說嗎？」智應回問。
「我會說。」
忠輔在茶杯中盛了水，端到黑川主眼前。
「不對！不對！」黑川主搖頭，「要裝在更大的東西裡。」
忠輔再用水桶盛了一桶水，來到黑川主眼前。
「還是不夠。」黑川主又搖頭。
「你到底打著什麼主意？」智應問。
「我沒打什麼主意。我已經變成這副德性，難道你還怕我怕得連水都不敢給？」
黑川主輕蔑地望著智應。
「不給我水的話，那女孩會在昏睡中死掉。」

智應默不作聲。

忠輔拿出用兩手合抱才拿得動的木桶，擱在地面，再用水桶盛水倒進木桶中。

木桶中盛滿了水。

黑川主目光炯炯地凝視著水，然後抬起臉，向智應說：

「喝水之前我先教你方法，過來吧。」

智應往前挨近了幾步。

「呼——」

說時遲，那時快，黑川主疾風迅雷地跳躍起來。

「哇！」智應往後退了一步。

智應退到剩餘繩索拉到最大限度也搆不著的地方。

沒想到——

令人難以置信的事情發生了。

黑川主的脖子竟然在半空中伸長至原來的兩倍以上。

喀！

黑川主咬住智應的脖子。

他咬下了脖子肉。喀！牙齒發出聲響咬合起來。

「哎呀！」

忠輔驚叫，同時，智應的脖子也咻地噴出鮮血。

黑川主轉頭望向忠輔。臉上長滿了細微獸毛，容貌已經化爲動物。

而且瞎了一隻眼，眼窩鮮血直流。那動物啣著一塊從智應脖子咬下來的粉紅肉片。

黑川主啣著肉片飛奔了數步，頭一栽，跳進盛滿水的木桶中。

木桶中水花四濺。

黑川主也跟著杳無蹤影。

清澈的水在木桶中搖晃，水面上只浮蕩著剛剛綁縛住黑川主的繩索，以及智應脖子的肉片。

五

「這故事眞駭人。」晴明向博雅說。

「就是呀。」博雅壓抑住興奮之情。

「那方士後來怎樣了？」晴明問。

「他總算保住一條命了，可是聽說好一陣子都不能起床走動。」

「那姑娘呢？」

「還是昏迷不醒。聽說只在夜裡黑川主去找她時才會醒來，兩人親熱過後又會熟睡不醒。」

「哦。」

「所以，晴明啊，以你的能力，能不能幫他們這個忙？」

「能不能幫得上忙，不親自去看看不知道哩……」

「嗯。」

「可是剛剛又吃掉了人家送的香魚……」

晴明望向庭院暗處，幾隻螢火蟲在黑暗中飛舞。

「你肯去一趟嗎？」博雅問晴明。

「去。」晴明回答。

「我也來學學那方士大人的方法，把妖物綁來看看吧……」

望著螢火蟲，晴明嘴角浮現微笑。

六

「這樣應該可以了。」晴明仔細端詳木桶，喃喃自語。

「你這樣做，到底有什麼打算呢？」博雅在一旁問。

博雅問的是方才晴明所做的準備。

晴明剛剛拔下幾根自己的頭髮，連結成一條長線，再於木桶上繞了一圈，最後打了個結。

博雅是問他這樣做到底有什麼作用。

晴明沒回答，只是微微笑著。

他倆正在位於鴨川附近的忠輔家中。

鴨川的流水聲越過忠輔家門前那道河堤，傳到屋內來。

「好了，現在就等傍晚來臨。」晴明說。

「眞的這樣就行了嗎？」博雅仍放不下心。

「讓那小子進屋，再冷不防用這長刀給他一刀，不是比較快嗎？」博雅握住佩在腰部的長刀。

「別太性急，博雅。即使你那把長刀能解決妖物，可是若不能叫醒昏睡

中的姑娘，豈不是功虧一簣？」

「唔……」博雅回不出話，只好鬆開握住長刀的手。

這男人似乎生性好動，無法乖乖在一旁坐觀成敗。

「哎，晴明，有沒有我可以幫忙的事？」

「沒有。」晴明不加思索地回答。

「啐！」博雅很不服氣。

「夜晚快到了，等一下你就躲在竹籠中看熱鬧算了。」

「知道啦！」

博雅回應時，太陽已將要沉入西方山頭。

颼！一陣暗色夜風吹過來，夜幕低垂了。

博雅躲在倒置的竹籠中，一開始便緊緊握住長刀刀柄。握住刀柄的掌心一直冒汗。

晴明在竹籠四周塗上香魚內臟，那味道不時傳到博雅鼻腔。博雅並不討厭香魚，但像現在這樣一直聞著內臟味道，實在有點受不了。

而且又熱得很。

博雅萬萬沒想到，只是用竹子圍攏住身體而已，竟會熱到全身都冒出有如熱水的汗珠。

「這方法和那位方士一樣，不會出漏子嗎？」

鑽進竹籠之前，博雅問過晴明。

「放心吧，不管是人還是動物，都可以用同樣謊言騙對方兩次。」

由於晴明如此回答，博雅才鑽進竹籠內。

大約子時剛過，外面傳來敲門聲。

「父親大人，請開門。」叫門聲響起。

忠輔開了門，黑川主進入屋內。

身上依然是黑色狩衣，左眼還是瞎掉的模樣。

一進門，黑川主便抽動著鼻子。

「原來如此……」

黑川主的脣角高高往上吊，令人毛髮悚然。

「老頭子大人，你是不是又到哪裡請來方士了？」

脣端露出銳利的牙齒。

聽到這句話，博雅握緊了長刀。

……晴明那小子，明明說過可以騙對方兩次。

博雅下定決心，只要黑川主一挨近，便打算不由分說給他一刀，於是在竹籠內微微拔出刀刃、擺好架勢。

博雅察覺黑川主站在門口，正藉著小小燈燭盤上的亮光注視自己。身邊有個小女娃。

博雅的視線和黑川主對上了。

然而，黑川主卻不走過來。

既然不過來，乾脆先下手爲強。博雅正想一把翻開竹籠時，才發覺渾身動彈不得。

「不准動！等我和綾子親熱過後，再來收拾你。」

黑川主向博雅道，隨後轉身步入綾子房內。

「綾子……」

黑川主剛蹲坐在綾子被褥旁，被褥裡突然伸出一隻強而有力的白皙手臂，握住黑川主的手。

「你幹什麼？」

黑川主想甩掉手臂時，有人掀開了被褥。

「乖乖就擒吧。」

從被褥下站起來、滿不在乎開口的，正是晴明。

晴明右手正握住黑川主的手腕。

「啊！」

黑川主慌忙想逃，但脖子上已套上一圈繩索，緊緊地勒住黑川主脖子。接著又纏住黑川主的手腕。

等黑川主回過神來，才發現已讓晴明綑綁住了。

「黑川主大人！」

「黑川主大人！」

女娃在一旁邊跳躍邊呼喚主人名字。晴明又抓住女娃，一起綑綁起來。

隨後，晴明走到忠輔面前，伸出右手貼在忠輔額頭上。

忠輔感覺自晴明掌中流出了類似冰水的東西，沁入自己額頭。下一秒鐘，忠輔已恢復自由。

「怎麼了？博雅。」晴明抓起竹籠。

竹籠內出現了支著單膝，右手握住長刀刀柄的博雅。

晴明伸出右手貼在博雅額頭上，瞬間，博雅便恢復了自由。

「你太過分了，晴明。」博雅又說，「你不是說不會出漏子嗎？」

「我是說了，不過那是騙你的。抱歉，原諒我啦。」

「騙我的？」

「我只是想讓黑川主將注意力集中在你身上，好讓我逮住他。託你的福，計畫進行得很順利。」

「我可一點都不順利！」

「對不起。」

「啐！」

「原諒我，博雅。」

晴明臉上掛著坦率微笑。

七

「可以給我水嗎？」

太陽將要升到中天時，黑川主開口了。

晴明將黑川主綑綁在上次那株樹幹下。

太陽剛上升不久，黑川主便伸出舌頭氣喘吁吁。

由於晴明逮住他時，他還沒脫下衣服，所以身上仍穿著那套黑色狩衣。
炎夏陽光正照射在黑色狩衣上。
本來就已經熱得要死，身上穿著黑衣服，又綑綁在樹幹下，更令黑川主吃不消。
旁觀者一眼便可以看出黑川主的肌膚已乾巴巴的。
「你要水嗎？」晴明問。
「正是，可以給我水嗎？」
「如果給你水，你肯說出叫醒綾子的方法？」
晴明身上穿著涼爽的白色狩衣，坐在樹蔭下，津津有味喝著手中的涼水，望著黑川主。
「當然說。」黑川主回道。
「好，給你水。」
晴明說畢，忠輔便端著一碗水出來。
「不行，不行，要裝在更大的東西裡。」
「呵呵。」
晴明微微一笑，低聲吩咐：「那給你木桶好了。」

聽晴明這樣說，忠輔再度抱著大木桶出來，擱在黑川主面前。

忠輔用水桶自溝渠中汲水，再一一倒入木桶中。

不一會兒，木桶便盛滿了水。

「喝水之前我教你方法，你過來一下。」黑川主道。

「不必了，我在這兒也聽得到。」

「我不想讓別人聽到。」

「就算別人聽到了，我也不在乎。」

晴明不干己事地回答，繼續津津有味、咕嚕咕嚕喝著盛在竹筒裡的涼水。

「你不過來我就不說。」

「你就在那邊說吧。」

晴明自始至終都很冷靜。

黑川主看著近在眼前的水，雙眼炯炯發光。眼神中甚至露出瘋狂神色。

「啊……水……水……真想快點跳進水中……」黑川主喃喃自語。

「你不用客氣啊。」晴明回道。

黑川主最後終於死心。

「我本來想好心撕碎你的喉嚨，算了。」

黑川主張開血盆大口，遺憾地笑著。

接著，冷不防一個倒栽蔥就跳進水中。

四周水花四濺。

木桶水面上只浮蕩著黑川主的黑衣和繩索。

博雅飛奔至木桶旁，伸手撈起水面上的繩索和濕淋淋的黑色狩衣。

「怎麼回事？」

「不見了！」

「他還在，只是改變了外形。」

晴明來到博雅身邊。

「他還在水中。」晴明解釋。

「水中？」

「我用頭髮結了結界，改變了氣，防止他遁跡潛形，所以他還在水中。」

晴明將視線移到站在一旁、呆若木雞地注視著兩人的忠輔。

「給我一些香魚好嗎？」晴明短促吩咐忠輔，「還有一些線。」

忠輔照辦，拿來吩咐的東西。

香魚在水桶中還活蹦亂跳著。

晴明在木桶的樹枝上綁了線，線端又綁上鮮活香魚。

香魚懸掛在樹枝下，凌空翻飛騰躍。

香魚正下方是黑川主消聲匿跡的木桶。

「你打算怎麼辦？晴明。」博雅問。

「等。」晴明說畢，坐在地上盤起腿來。

「能不能給我更多香魚？」晴明再度吩咐忠輔。

忠輔提來裝著十數尾香魚的水桶。

博雅和晴明隔著黑川主消失的木桶，相對而坐。

懸掛在木桶上的香魚逐漸靜止不動，曬乾了。

「再來一尾。」

晴明解下綁在線上香魚，換上另一尾鮮活香魚。剛換上的鮮活香魚，在木桶上空翻飛騰躍。

晴明用手指剝開剛解下的香魚魚腹，讓香魚鮮血滴落到木桶水中。瞬間，水面激起無數水花，但馬上又靜止了。

「喂，晴明，你看到了嗎？」博雅問道。

「當然看到了。」晴明微笑著回應。

「快了，他不可能忍耐太久。」又喃喃補上一句。

時刻逐漸推移，太陽已行過中天，將要西下。

博雅有點煩膩地盯視著木桶。

晴明站起身，懸掛上第七尾香魚。

香魚頂著陽光，在水面上方光閃閃跳躍。

就在這時。

木桶中的水開始晃動起來。水面緩慢地轉著漩渦。

「你看！」博雅說道。

通常漩渦中心是凹陷的，但木桶中的漩渦卻是凸狀。

不一忽兒，凸起的水面便渾濁不堪。

「來了。」晴明悄聲道。

轉瞬間，那黑色渾濁的水愈來愈濃，然後，突然跳出一隻黑色動物。

正當那動物將要咬住懸掛在半空的香魚，晴明伸出右手。使勁地抓住動物脖子。

吱！

吱！

那動物口中咬著香魚哀叫起來。

原來是一隻老邁的水獺。

「這正是黑川主的原形。」晴明說。

「噢！」忠輔驚叫出來。

水獺看見忠輔，張開嘴丟下香魚。

吱！

水獺慟哭起來。

吱！

吱！

「你見過這隻水獺嗎？」晴明問忠輔。

「見過。」忠輔點頭。

「跟牠有過什麼瓜葛呢？」

「老實說，以前曾有一家子水獺時常來偷吃溝渠內的魚，令我很傷腦筋。大約兩個月前，我在河裡偶然發現水獺的巢穴，便殺了當時在巢內的母水獺和兩隻小水獺。」

「原來如此。」

「這隻大概正是當時倖存的水獺。」忠輔喃喃低道。

「果然發生過這種事。」晴明回道。

「接下來的問題是昏迷不醒的綾子姑娘……」

晴明舉高水獺，讓水獺的臉面對自己。

「那姑娘腹中的孩子是你的嗎？」晴明問水獺。

水獺往前垂下頭。

「既然是自己的孩子，你應該會心疼吧？」

水獺再度點頭。

晴明望著水獺。

「要怎麼做才能讓姑娘清醒過來？」

水獺的嘴巴在晴明面前不停開闔，似乎述說著什麼。

「原來如此，是那女娃。」晴明回應。

那女娃指的是昨晚跟隨在黑川主身邊的小女孩。

「女娃怎麼了？」博雅問。

「他說，只要讓綾子姑娘吃下女娃的肝膽，就可以醒來。」

「肝膽？」

「博雅，你去帶那女娃過來……」

昨晚逮住黑川主的同時，一起逮住的女娃仍在屋裡。

博雅從屋裡帶女娃出來。

「把女娃放進水中看看。」晴明吩咐。

博雅抱起女娃，讓女娃從腳底浸入水中。女娃的腳踝全部浸入水中後，不一忽兒，女娃便整個溶入水中了。

水中出現一尾游來游去的杜父魚。

「現在開始有得忙了。」

「忙什麼？晴明，只要讓她吃下這杜父魚的肝膽不就行了？」

「我說的不是肝膽，是腹中的孩子。」晴明回應。

「什麼？」

「據說水獺只要懷胎六十天就會生出來。」

這時，屋裡傳出女人的呻吟。

「糟了！」忠輔衝進屋裡，不久又回到兩人面前。「綾子好像快臨盆了。」

「肝膽等一下再剖，趁她昏睡時先解決孩子的事。」

晴明鬆開抓住水獺脖子的手。

水獺雖然落地，卻待在原處，沒有逃離的舉動。

晴明往屋內大踏步走去，途中回頭望向博雅。

「博雅，你要進來嗎？」晴明問。

「有我可以幫忙的事嗎？」

「沒有。不過你想看的話可以進來。」

「算了。」博雅回道。

「好吧。」晴明說畢，單獨跨進屋內。

水獺也跟在晴明身後進入屋內。

大約過了一個時辰，晴明回到博雅面前。

「結束了。」晴明只短短說了一句。

「結束了？」

「我把生下來的孩子放進屋後的河裡了。運氣好的話，也許可以活下來。」

「黑川主呢？」

「跟孩子一起隨著河水流走了。」
「可是，人怎麼可以生下水獺的孩子？」
「應該有可能吧。」
「爲什麼？」
「昨晚我不是跟你說過咒的道理嗎？是人還是水獺，基本上都一樣……」
「……」
「人的因果和獸的因果，根本是一樣的。只是加諸於人和獸的咒各不相關，所以一般來講，人和獸的因果是不會交合的。」
「唔。」
「但是，如果在雙方的因果施了同一種咒，或許也有可能發生人獸交合的結果。」
「眞是太令人吃驚了！」博雅似乎有點肅然起敬地點頭。
「話說回來，博雅，幸虧你沒看。」晴明說。
「看什麼？」
「看那玩意兒。」
「什麼玩意兒？」

「人的因果和獸的因果交合後所生下的孩子。」晴明微微皺了一下眉頭，回道。

「嗯。」博雅老實地點頭。

蟾蜍

一

「太厲害了——」

從方才起，博雅每喝一口酒便嘆一口氣，還連連拍案驚嘆。

「眞是個美談佳話。」博雅抱著胳膊，自得其樂地邊說邊點頭。

在安倍晴明宅邸的走廊上，博雅盤腿坐著，粗壯手臂交叉伸進狩衣的左右兩袖內，似乎爲了某件事而讚嘆不已。

半刻前，朝臣源博雅到安倍晴明的宅邸來探訪。如往常一樣，他腰佩長刀，沒帶任何隨從，信步來到晴明宅邸。他穿過雜草叢生的庭院，跨進門內。

一進門便揚聲呼喚：「喂，晴明在家嗎？」

「來了。」靜謐無聲的裡屋傳出回應，是女人的聲音。

一位大約二十三、四歲，長髮、膚色白皙的女子，從屋裡文靜地走出來迎客，身上緊密穿著重重疊疊的十二單衣。

儘管服裝似乎很沉重，但女子的步伐卻極爲輕盈，輕飄飄的，彷彿一陣微風便能將她吹走。

「博雅大人——」女子輕啓朱脣，喊出博雅的名字。

博雅是第一次見到這女子，對方卻已知道博雅是誰。

「主人晴明已恭候許久。」聞言，博雅便跟隨女子來到走廊。

這走廊設在房外，雖有遮頂，卻沒有防雨窗，任憑風吹日曬。

晴明倚著牆壁，抱著胳膊，隨意盤坐在廊上，望向庭院。庭院裡野草叢生。

博雅隨女子來到走廊後，回頭一看，原本一直在旁陪侍的女子，卻不知於何時消失了蹤影。

博雅的眼光漫不經意地瞄向身後房間時，才發覺房間內的屏風上，有幅女子畫像。仔細端詳後，更發現畫像中女子的面貌似乎與方才那女子酷似，但又有點不像……

「唔……」博雅忘我地看著女子畫像。

時值長月，陰曆九月七日，若換成陽曆，則是十月上旬。

博雅臉上略帶紅潮，雙眼發光。

這男人似乎沉浸在輕微興奮的狀態中。

「怎麼了？博雅。」晴明收回望向庭院的視線，移到博雅臉上。

博雅回過神來，開口似乎想說些有關女子畫像的感想，臨時又轉變念頭。

「晴明，今天我在清涼殿聽說了一件耐人尋味的事，所以專程來找你，想說給你聽。」博雅單刀直入地說出來意。

「耐人尋味的事？」

「沒錯。」博雅回道。

「什麼事？」

「是那位蟬丸法師的事。」

「哦，是蟬丸大人——」

晴明也認識蟬丸法師，昨晚還同博雅一起見過蟬丸法師。

蟬丸是位盲眼的琵琶法師，也可說是博雅在琵琶方面的明師。

博雅這男人雖是個粗線條的武士，卻精通琵琶之道，也會彈奏。他曾經整整三年，風雨無阻地每晚前去探訪蟬丸法師，才終於學到〈流泉〉與〈啄木〉這兩首琵琶祕曲。由於這機緣，去年紫宸殿裡一把名爲「玄象」的琵琶遭竊時，爲了自異國鬼魅手中奪回玄象，晴明和蟬丸曾經在當時會過面。

「蟬丸大人怎麼了？」

「說眞的，晴明，蟬丸大人實在是了不起的琵琶大師啊……」

「你是說去年那件玄象的事？」

「不是，我是說最近一個月前的事。」

「什麼事？」

「近江①有位貴人，邀請蟬丸法師大人到他宅邸……」

「去彈琵琶？」

「不，不是去彈琵琶——當然，那天蟬丸大人也彈了琵琶。這位貴人與蟬丸大人很熟，他是以其他理由邀請蟬丸大人到他宅邸。」

「哦——」

「可是，那位貴人卻又不是爲了聽琵琶演奏才邀請蟬丸大人，他其實另有目的。」

「什麼目的？」

「貴人有位朋友，聽說擅彈琵琶，貴人便想讓蟬丸大人聽聽那男人所彈的琵琶，評判一下那男人的琴技到底有多高妙。」

「嗯。」

「其實是那男人請求貴人如此安排。可是，晴明呀，你也應該知道，蟬

① 即今日本國滋賀縣。

丸大人不可能會答應這種事的……」

「所以，就以其他理由邀請蟬丸大人過去？」

「是啊。」

「然後呢？」

「等蟬丸大人辦完事，鄰室突然傳來琵琶聲……」

「原來如此，這樣安排的啊。」

「正是。蟬丸大人起初傾耳細聽，之後，便不慌不忙地伸手拿起自己擱在一旁的琵琶，開始彈起來。」

「唔。」

「晴明啊，我眞想在現場聽聽當時的演奏。那時，蟬丸大人彈的曲子是〈寒櫻〉這首祕曲……」

一向是粗線條性格的博雅，此時雙眼露出彷彿在現場聽得出神的神色。

「結果怎樣了？」晴明催促著。

「結果啊，蟬丸大人剛彈起琵琶沒多久，鄰室傳來的琵琶聲便突然靜止了。」

「喔。」

「那位貴人派人到鄰室去探個究竟，沒想到本來在鄰室間彈奏琵琶的某人竟然不見了。隨後貴人宅邸的門衛前來報告，說方才那彈奏琵琶的某人來到大門，留下一句『已經如願以償』，便頭也不回地走了……」

「哦……」

「大家都莫名其妙，回到房裡問蟬丸大人到底是怎麼回事，蟬丸大人也只是微微一笑，並不作答。貴人又派人追趕那彈琵琶的某人，問其原因，可是那人也不回答。過了一些時日後，大家才明白原因。」

「是什麼原因？」

「別急，晴明，聽我慢慢說。蟬丸大人在那兒留了幾天，就在蟬丸大人要辭別回家的前一天晚上……」

「唔。」

「那天，貴人同蟬丸大人一起出門拜訪某位承襲公卿血統的人家，那人家是貴人的熟人。結果，在那兒也發生了類似的事。」

「那位承襲公卿血統的人家，也叫某人在鄰室彈奏琵琶嗎？」

「正是，晴明。那位承襲公卿血統的人家，風聞數日前在貴人宅邸所發生的事，刻意叫人在鄰室間彈奏琵琶。」

「唔。」

「最初，大家只是天南地北隨意聊天，到了夜晚，鄰室果然傳來琵琶琴聲。可是蟬丸法師大人只做了個微微傾聽的動作，對琵琶琴技沒說什麼，也不想伸手動他身邊那把琵琶……」

「唔。」

「後來，那位承襲公卿血統的人家等得不耐煩，終於直接開口問了蟬丸大人。」

「問了什麼？」

「他問：『法師大人，您認爲這琵琶琴聲怎麼樣？』」

「嗯。」

「蟬丸大人回答：『就是大家聽到的那樣……』」

「然後呢？」

「那位承襲公卿血統的人家又問：『如果法師大人也彈奏起琵琶，結果又會怎麼樣？』」

「……」

「蟬丸大人回說：『不會怎麼樣。』」

「……」

「公卿血統人家接著問道：『琵琶琴聲會靜止嗎？』蟬丸大人回道：『大概不會靜止吧。』」

「呵呵，有趣。」晴明的雙眼閃動著興致勃勃的亮光。

「那位公卿血統人家一直請求蟬丸大人彈彈看，蟬丸大人拗不過，只得抱著琵琶彈起來……」

「結果如何？」

「鄰室傳來的琵琶琴聲一直沒歇息，又彈奏了三曲才靜止。」

「眞有趣。」

「那位邀請蟬丸大人去小住的近江貴人實在想不通，向公卿血統人家辭別後，便問蟬丸大人：『前幾天聽到的琵琶琴聲，和今晚聽到的琵琶琴聲，哪位技高一籌？』」

「唔。」

「蟬丸大人只是微笑搖頭而不作答。第二天，蟬丸大人便告辭而去了。晴明啊，你說，這是怎麼一回事？」博雅話鋒一轉，反問晴明。

「怎麼，博雅，你考我？」

「對，誰叫你每次都講一些令人頭痛的什麼咒啊之類的……」博雅臉上浮出微笑。

「你是想問我，最初彈奏琵琶的某人，和第二位彈奏琵琶的某人，到底哪位的琴技較爲高明嗎？」

「沒錯，我正是想問這點。」

「我先問你一件事。博雅，你認爲還有其他人的琵琶琴技能比得上蟬丸大人嗎？」

「大概沒人比得上吧，晴明……」博雅不加思索地回答。

「既然如此，哪一位的琴技比較高明，不就一目了然嗎？」

「到底是哪位？」

「應該是最初那位中途停止彈奏琵琶的男人。」

「喔，你怎麼知道？晴明，答案正是如此。」

「果然沒錯。」

「果然？你到底怎麼知道答案的？快告訴我。」

「總之，兩人的琴技都比不上蟬丸大人吧？」

「沒錯。」

「那答案就很簡單嘍。」
「怎麼說？」
「最初那男人一聽到蟬丸大人的琴聲，馬上停止彈琴，代表他是因爲聽到名人所彈的琴聲，感覺自己的琴技見不得人。」
「嗯。」
「換句話說，那男人既然聽得出蟬丸大人的琴技，表示他自己的本領應該也不錯。第二個男人大概連蟬丸大人的琴技也聽不出來，才會無所忌憚地連續彈奏了三曲吧。」
「呀，晴明，你說得沒錯，正是如此。」
「博雅，你怎麼知道答案？」
「那時有人陪同蟬丸大人一起到近江，歸程途中，偶然聽蟬丸大人不經意地講述起這件事，又聽蟬丸大人透露了兩人的琵琶琴技。今天中午，我正是在清涼殿聽那人重述這件事。」
「原來如此。」
「晴明呀——」博雅抱著胳膊望向晴明，「蟬丸大人眞是品格高雅……」
正因此事，博雅才一直在那兒自得其樂，頻頻點頭，連連拍案驚嘆。

「我就是想告訴你這件事，湊巧今晚有時間，便決定自己過來了。」博雅說道。

「本來很想跟你喝一杯的……」

「唔。」博雅答道，但晴明卻微微搖了頭。

「……但想歸想，今晚是沒辦法請你喝了。」

「怎麼了？」

「我有事。本來剛剛就該出門了，後來知道你可能會來，才刻意在家等你。」

「是戻橋的式神通知你，說我要來的？」

「嗯，大概是吧。」

人們淨在傳言，說晴明在戻橋下養了式神，必要時會呼喚式神出來代爲辦事。

「怎麼樣？你要一起去嗎？」

「一起去？」

「去我現在要去的地方。」

「可以跟嗎？」

「是你的話就無所謂。」
「可是我們要去做什麼?」
「跟蟾蜍有關。」
「蟾蜍?」
「說來話長,如果你也要去,路上我再跟你說明好了。」雖然這些話是說給博雅聽的,但晴明的視線不在博雅身上,反而望向庭院那茫茫渺渺的夜色。
晴明是眉清目秀的男子,雙脣似輕輕點上胭脂,嘴角不時掛著有如含著甘甜花蜜的微笑,膚色白皙。
他自庭院收回視線,望向博雅。
「如果你一起去,也許要請你幫我一點忙。」
「那,一起去吧。」
「喔!」
「走。」
「走。」
事情就這樣決定了。

二

兩人坐在車內。是牛車，由一頭大黑牛拉著。

正值長月之夜，貓爪般細長的上弦月懸掛半空。

牛車行過朱雀院，直到四條大路往西拐彎的路口爲止，博雅還大致知道方向，但拐了好幾個彎後，便完全無法掌握自己到底身在何處了，只知道牛車似乎拐了好幾個路口。

上弦月的柔弱月光自天空灑落，但月光稀微，四周幾近一片漆黑，只有天空散發出一層朦朧青光。說是如此，卻只是相較於地上一片黑暗而覺得稍亮，事實上，那天色根本說不上是亮光。

空氣濕涼。明明略有寒意，身上卻會冒汗——既然是長月，就算在夜裡也不該感覺冷才對，但從牛車垂簾外鑽進來的夜風，卻令人感到冷氣颼颼。話雖如此，身上又會流汗。

博雅已分辨不出到底哪一種感覺才是現實。

車輪規律地輾過大地與石子的聲音，從臀部傳進體內。

晴明一坐進車內，便抱著胳膊默默不語。

——眞是個不可思議的男人，博雅暗忖。

剛剛和晴明一起走出宅邸時，博雅便發現大門外停著這部牛車，附近卻沒有任何隨從。分明是牛車，卻不見牛的蹤影。到底要讓誰來牽牛帶路？

博雅起初有點納悶。不過，他又立即察覺，原來牛車的橫軛上已套了一頭牛。

是一頭漆黑、龐大的牛。

博雅最初嚇了一跳，怎麼沒來由地出現一頭牛？但其實不是如此，是因爲牛身毛色漆黑一團，與夜色交融，一時看不出黑牛的輪廓而已。

旁邊還有個女人，正是起先那穿著厚重十二單衣、出來迎接博雅的女人。

博雅和晴明坐進牛車後，牛車發出沉重吱嘎聲，開始往前行進。從出發到現在，已過了半個時辰。

博雅掀開車前的垂簾，向外細瞧。

各式各樣青綠豐熟的樹葉味道，夾雜在夜氣中一起流入車內。

夜色矇矓中，可望見漆黑隆起的牛背。

牛背前的黑暗中，是穿著十二單衣的女人在帶路，身軀看似飄浮在半空中，像風一般虛無縹緲。

黑暗中，女人身上的十二單衣宛如織入燐光，隱隱約約發亮，猶如美豔的幽魂。

「哎，晴明。」博雅對晴明說。

「什麼事？」

「如果有人看到我們這副模樣，不知會怎麼想？」

「哦，說得也是。」

「大概會以爲是棲息在京城裡的妖魔鬼怪，正要返回幽冥地府吧？」

博雅語畢，晴明嘴邊似乎浮上一抹微笑。由於身在黑暗中，博雅當然看不到，不過他卻感覺得出晴明的微笑。

「博雅，若果眞如此，你會怎麼辦？」冷不防，晴明低聲問道。

「喂，別嚇我，晴明！」

「你也應該知道吧，根據宮中傳聞，我母親好像是狐狸喔……」晴明慢條斯理地說。

「喂……喂！」

「博雅，看著我，你知道我現在變成了什麼臉嗎……」

黑暗中，博雅覺得晴明的鼻子彷彿變成跟狐狸的那般尖。

「別再耍我了！晴明……」

「哈哈！」晴明笑開了，回復原來的聲音和口吻。

博雅呼出一口氣。

「冒失鬼！」博雅粗聲粗氣罵了一句，「我差點拔出刀來了！」他滿腔怒火。

「眞的？」

「眞的。」博雅老實地點頭承認。

「好嚇人喔。」

「眞正嚇壞的是我！」

「是嗎？」

「你應該也知道我的性格吧？我就是太正經了，如果知道晴明是妖物，搞不好眞的會拔出刀來。」

「這樣啊。」

「懂了吧！」

「可是，如果我是妖物，你爲什麼要拔刀？」

「這……」博雅頓口無言。「因爲是妖物。」

「可是，妖物也是形形色色的吧？」

「唔。」

「有惹禍招災的，也有無害的吧？」

「唔。」博雅歪著頭想了一下，接著點頭同意。

「可是，晴明，我的性格好像就是這樣，實際上碰到妖物時，很可能眞的會拔刀。」博雅正經八百地說。

「嗯，的確有可能。」

「所以我說，晴明，拜託你以後別再那樣開我玩笑了。我有時候會搞不清楚你到底是說笑、還是說眞的，而且時常信以爲眞。我喜歡你這個人，就算你眞是妖物我也喜歡，所以不想對你拔刀相向。但如果像剛才那樣突然嚇唬我，我會不知所措，就會忍不住伸手去握刀……」

「這樣啊……」

「所以晴明，即使你眞是妖物，如果在我面前想現出原形時，希望你最好慢慢來，不要突然嚇到我。慢慢來的話，我就可以接受了。」博雅期期艾艾地說明，口吻極爲認眞。

「我知道了，博雅，剛剛實在很抱歉……」晴明回應。

一時，兩人都默默無言。車輪輾過土石的聲音，輕輕響在四周。

冷不防，噤口不語的博雅在黑暗中又開口了：「晴明，你聽好——」聲音純樸耿直，「假使晴明眞是妖物，我博雅也還是你的朋友。」

博雅的音調雖低沉，卻口齒清晰。

「你眞是好漢子，博雅……」晴明喃喃低道。

四周又只聽得見牛車的車輪聲。

牛車依然不知將要行往黑暗中的何處，始終有節奏地前進。到底車子是往西或往東前進，博雅茫無頭緒。

「晴明，我們到底要去哪裡啊？」博雅開口問。

「跟你講，你大概也不懂的地方。」

「不會眞如剛才說的，正往幽冥地府前進吧？」

「籠統地說，或許正是那種地方。」晴明回道。

「喂、喂……」

「別急著拔刀喔，博雅，等一下再拔就可以了。你有你的任務。」

「你講什麼我都聽不懂。可是，你總該告訴我，我們到底要去做什麼吧？」

「說得也是。」

「我們去做什麼？」

「約四天前吧，應天門出現了妖魅。」

「什麼？」

「你沒聽說嗎？」

「沒有。」

「老實說，那城門會漏雨……」晴明突然說出無關緊要的事。

「漏雨？」

「很久以前就這樣了，尤其是吹著西風的雨夜，一定會漏雨。但檢查之後，卻查不出屋頂哪裡出了問題。這種事情其實很常見。」

「你不是要說妖魅的事嗎？」

「別急，博雅。總之，屋頂沒有任何毀壞，卻照常漏雨，所以前幾天終於決定先修理屋頂再說。一名工匠於是爬到城門上檢查了一番……」

「喔。」

「那工匠發現屋頂下方的某塊板子，形狀很奇怪……」

「怎麼奇怪？」

「唔，那板子看來像是一塊，其實是用只有一半厚度的兩塊板子合起來，冒充爲一塊。」

「然後呢？」

「工匠拆下那板子，又將那板子拆成兩塊，一看之下，才知道板子與板子之間夾著一張符咒。」

「什麼符咒？」

「上面寫著眞言的符咒。」

「眞言？」

「是孔雀明王的咒語。」

「什麼玩意？」

「自古以來，孔雀在天竺是一種吃食毒蟲與毒蛇的鳥類。孔雀明王就是斷怪除妖的尊神。」

「……」

「簡單說來，或許是高野或天台山的哪名和尚，爲鎭壓邪魔而寫了一張符咒，藏在屋頂下的板子吧。」

「哦。」

「那工匠想揭下符咒，卻不小心扯破了。事後，工匠又將板子裝回去。第二天，不但吹起西風也下了雨，而屋頂竟不再漏雨。可是，當天晚上卻出現了妖魅。」

「怎麼這樣？」

「雖然不再漏雨，取而代之的卻是妖魅的出現。」

「漏雨和妖魅有關嗎？」

「也不能說完全無關。以貼符咒來鎮壓邪魔，本是常見的事，但光貼符咒的話，**後果**會很可怕……」

「**後果**？」

「舉例來說，用符咒束縛妖魅，就像用繩索綁住博雅，讓博雅不能動彈一樣。」

「綁住我？」

「不錯。要是有人綁住你，你會生氣吧？」

「當然生氣。」

「繩索綁得愈緊，你會愈火大吧？」

「對。」

「如果繩索因故鬆開，你會怎麼辦？」

「我可能會去砍那個綁住我的人。」

「正是這個道理啊，博雅。」

「什麼道理？」

「我是說，用符咒將邪魔束縛得太緊，有時候反倒弄巧成拙，令邪魔變得更惡毒。」

「我覺得你好像在說我。」

「只是比喻而已。我說會變得更惡毒的，當然不是指你。」

「算了，繼續說下去吧。」

「所以，應該稍微鬆緩一下符咒。」

「……」

「不要束縛得太緊，要讓邪魔也能稍稍地自由活動一下。」

「原來如此。」然而，博雅似乎仍無法理解。

「讓邪魔能稍微自由活動，當然也會給封咒之處帶來某些輕微危害。以這回爲例，讓邪魔自由活動所造成的危害正是漏雨。」

「哦……」博雅好像略微聽懂了，點點頭。

「然後呢？妖魅怎麼了？」

「結果第二天晚上……」

「就是吹西風又下雨的那晚？」

「對。那個雨夜，工匠帶著兩名徒弟到應天門，想去查看漏雨的狀況，結果發現沒漏雨，卻出現了妖魅。」

「到底是什麼妖魅？」

「是個娃兒。」

「娃兒？」

「正是。聽說那娃兒四腳朝天摟住柱子，瞪視著工匠和兩名徒弟。」

「是這樣用手腳……」

「沒錯，用膝蓋和雙手摟住柱子。聽說工匠和徒弟正想登上城門時，將手中亮光往上照看了一下，才發現那娃兒摟著柱子，怒氣沖沖地瞪視他們。」

——而且，還從頂上向工匠們吐出白色氣息。

「喔！」

「那娃兒從柱子爬到天花板，然後聽說淩空一躍，就飛了六尺②高。」
「不是個小孩子嗎？」
「是啊，雖說是小孩子，可是據說長得很像蟾蜍。」
「所以你剛剛才說是蟾蜍？」
「嗯。」
「那天以後，娃兒妖魅每晚都出現在應天門。」
「工匠呢？」
「工匠到現在還昏迷不醒，一名徒弟則發高燒，昨晚死了。」
「所以請你去看看？」
「嗯。」
「看了後結果怎樣？」
「其實，大概只要再貼一張新符咒就能解決，但也只是救一時之急罷了。就算能鎮壓娃兒妖魅，萬一又漏雨，也是白費工夫。」
「那……」
「我查了很多有關應天門的資料，結果查到很久以前，似乎也有類似的事件發生。」

②平安時代，一尺約三十・三二公分。

「哦。」
「我在圖書寮查出，往昔有個小孩死在應天門那兒。」
「小孩？」
「唔。」晴明低道。
「事情愈來愈複雜了……」博雅說道。
剛說畢，博雅左右張望著外面的黑夜。方才車輪輕微輾過地面的感觸，不知何時竟消失了。
「喂，晴明啊——」博雅喚道。
「你注意到了？」
「注意到什麼了？喂，你……」
不僅車輪聲消失了，連牛車也似乎停下來了。
「博雅啊——」晴明誠懇耐心地說明，「從現在開始，你所看到、聽到的一切，都當成是作夢好了。我實在沒把握能解釋得讓你完全理解……」
博雅伸手想掀開垂簾，但黑暗中，晴明的手飛快伸出，按住博雅的手。
「博雅，你可以掀開垂簾，但不管你看到什麼，只要垂簾還掀開，就絕不能出聲。否則我不但無法保護你的安全，連我自身也會有性命危險……」

語畢，晴明鬆開手。

「知道了……」博雅嚥了嚥口水，掀開垂簾。

外面漆黑一片，伸手不見五指。天空裡沒有月亮，泥土的味道或大氣的跡象全消失了。黑暗中，卻仍能清晰看見黑牛的背。

黑牛前方，是帶路女子飄然翩飛的十二單衣背影，身上的燐光看來更加美麗了。

突然——

喔！博雅忍不住在心裡大呼。

牛車前方漆黑一片，冷不防出現一把青白火焰。隨後，火焰增大，最後變成了妖魔鬼怪。

起初，火焰變成一位披頭散髮的女人，瞪視著虛空，牙齒咬得吱嘎作響。接著，那女人又變成青鱗蟒蛇，消失在黑暗中。再仔細看，可感覺黑暗裡有無數紛紛嚷嚷、眼睛看不到的東西。

本以為看不到的，突然間又能看見了。有時猛然出現一顆頭顱，有時又出現類似頭髮的東西，還有動物的頭顱、骨頭、內臟，或一些更莫名其妙的玩意兒。例如形狀像書桌的東西、嘴脣、奇形怪樣的妖魔、眼珠、魔羅③、

③梵語稱「陰莖」為「魔羅」。

女陰……

夾在這一大群詭譎怪誕的玩意中，牛車依然向著未知的目的地前進。

令人作嘔的微風，從微微掀開的垂簾外習習吹入。

是瘴氣。

博雅闔上垂簾，臉色一陣青、一陣白。

「你看到了？博雅……」晴明問道，博雅重重點了頭。

「我看到鬼火，晴明——」博雅回道，「後來，那鬼火變成妖魔，又變成女人，最後變成蟒蛇，消失了。」

「是嗎？」晴明穩靜地答腔。

「喂，晴明啊，那是不是百鬼夜行？」

「正是。」

「我看到妖魔時，差點大叫出來。」

「還好你沒叫出來。」

「叫出來會怎麼樣？」

「那些傢伙大概會立刻呑噬這部牛車，連骨頭都不留吧。」

「你是怎麼讓我們來到這種地方的？」

「方法很多，我只是用最簡單的方法。」

「什麼方法？」

「你知道方違嗎？」

「當然知道。」

所謂方違，是指外出時，若目的地的方向碰巧位於天一神④的方位，則出發時必須先前往別的方向，在與目的地相異的地方歇宿一夜，第二天再出發前往目的地。這是陰陽道之法，目的是爲了避開禍神的災難。

「我利用京城內交錯的大路、小路，重複做了與方違類似的事。只要反覆幾次，便可以來到這地方了。」

「原來是這樣？」

「正是。」晴明說，「所以，我想拜託博雅一件事。」

「什麼事，晴明？」

「這牛車可說是我佈下的結界，通常沒有東西闖得進來，但偶爾也會有闖得進來的妖物。仔細想想，今天是己酉後第五天，正好是天一神移動方位的日子。爲了來到這兒，我已橫渡了五次天一神的路徑，等一下或許會有人來看看也說不定。」

④為陰陽道中的方位神之一，掌管人的禍福，堵塞凶位。是地星之靈。

「到車內來？」

「嗯。」

「別嚇我了，晴明。」

「我不是在嚇你。」

「來的是鬼嗎？」

「不，來的雖不是鬼，不過也是鬼的一種。」

「那就是人嘍？」

「也不是人。不過，因爲博雅是人，只要對方沒有特別的意圖，在博雅眼裡看來，對方的外貌便是人，也會說人話。」

「來了以後會怎樣？」

「對方看不到我。」

「我呢？」

「大概能看得很清楚。」

「那我會怎麼樣？」

「不會怎麼樣，你只要按照我說的去做就行了。」

「做什麼？」

「我想，來人應該是土之弟的土精吧。」
「土精是什麼東西？」
「這很難說明，你就當成是土精好了。」
「然後呢？」
「對方可能會問你，你既然是人，爲什麼會出現在這種地方？」
「唔。」
「對方問你之後，你就這麼回答。」
「怎麼回答？」
「『這幾天來，我心情一直很鬱悶，便問友人有沒有什麼良藥。今天，友人送我一包據說對這種鬱悶症狀非常有效的藥草……』
「唔。」
「『是將名爲莨菪⑤的野草曬乾而成的藥草，熬成湯藥後，我喝了約三碗。喝了之後，不知怎麼回事，好像心神喪失了，便在這裡發呆。』你就這樣回答。」
「這樣就可以了？」
「可以。」

⑤又名「天仙子」。日文為ハシリドコロ（hashiridokoro），學名*Scopolia Japonica Maxim*，屬茄科，為有毒植物。多食會令人狂走，還會引起幻覺、昏睡等等中毒症狀。

「如果對方問我其他事呢？」
「不管對方問你什麼，你只要反覆說這些話就行了。」
「眞的這樣就可以了？」
「可以。」晴明回應。
「好，我知道了。」博雅順從地點頭。
這時，外面突然傳來敲打牛車的聲音。
「晴明？」博雅小聲求救。
「一定要按照我說的去做！」晴明叮囑。
之後，有人掀開垂簾，垂簾外出現一位白髮老翁的臉。
「請問——」老翁開口，「你既然是人，爲什麼會出現在這種地方？」
老翁果然問了晴明事先說過的問題。
博雅按捺住想望向晴明的衝動，回應：「這幾天來，我心情一直很鬱悶，便問友人有沒有什麼良藥。今天，友人送我一包據說對這種鬱悶症狀非常有效的藥草……」博雅正確地說出晴明交待的話。
「喔？」老翁翻轉著骨溜溜的大眼珠，望著博雅。
「是將名爲莨菪的野草曬乾而成的藥草，熬成湯藥後，我喝了約三碗。

喝了之後，不知怎麼回事，好像心神喪失了，便在這裡發呆……」

「是嗎……」老翁微微歪著頭。

「莨菪啊……」老翁瞪視著博雅，「所以你的靈魂才會在這兒遊蕩？」

老翁的一雙大眼珠再度骨溜溜地轉。

「對了，今天似乎有人在天一神的路徑上橫渡了五次，該不會是你吧？」

老翁說畢，張開大口，露出伸長的黃牙。

「我喝了莨菪的湯藥後，不知怎麼回事，好像心神喪失了，迷迷糊糊的……」博雅回應。

老翁噘起嘴，呼地向博雅吹出一口氣。一陣泥土味撲向博雅的臉。

「咦，不會飛走啊……」老翁微微露齒一笑。

「還好只喝了三碗，要是喝了四碗，你就回不去了。既然我吹氣仍不能讓你飛走，大概再過一個時辰，你的靈魂便可以回去了。」老翁說。

剛說畢，老翁便消失蹤影。

掀開的垂簾垂落下來，車內只剩博雅和晴明兩人。

三

「晴明，太厲害了！」博雅說。

「什麼厲害？」

「我照你說的去做，對方眞的走了。」

「當然啦。」

「那老翁是土精？」

「是一種類似土精的神。」

「可是，晴明，你眞的太厲害了。」

「別高興得太早，還有回程呢。」

「回程啊……」博雅回道。

語畢，博雅嘴巴還留在那個「啊」的形狀上，卻突然豎直耳朵傾聽，因爲牛車輾過泥土和石子所發出的細微響聲，再度迴響在座位下。

「喂，晴明——」博雅喚道。

「你也察覺到了？」晴明問。

「當然啦。」博雅回道。

如此一問一答之間，牛車繼續前進，最後停止不動。
「看來好像抵達目的地了。」晴明開口。
「到了？」
「這兒是六條大路西邊盡頭那一帶。」
「那是說，我們回到人間了？」
「不，還沒回去，我們還在陰態之內。」
「什麼是陰態？」
「你只要想成是非人居住的世界便行了。」
「到底在哪裡？」
「尾張義孝的宅邸前。」
「尾張義孝？」
「是那娃兒妖物的父親……」
「什麼？」
「博雅，你聽好，我們現在要下車，一出車外，你絕不能開口說話。萬一不小心說話了，很可能會喪失性命。如果你辦不到，就待在牛車內等我回來。」

「好不容易跟到這裡了，怎麼可以讓我待在牛車內？晴明，既然你叫我別開口，就算野狗把我的腸子啃光光，我也不吭一聲。」博雅表情認眞，一副即便讓野狗啃光腸子也不出聲的模樣。

「好。」

「走。」

於是博雅和晴明一起下了牛車。

下車一看，眼前是一棟大宅邸，中天掛著一輪上弦月，穿著十二單衣的女人恬靜地站在黑牛前望著兩人。

「我們走了，綾女——」

晴明向女人打了招呼，名爲綾女的女人文靜地行了禮。

四

這兒宛如晴明宅邸內的庭院，遍地雜草。每當風吹過，雜草便沙沙隨風擺動，彼此交頭接耳、顚來倒去。

與晴明宅邸不同的是，大門內只見庭院，不見任何建築物。過去似乎曾

是建築物的地方，只剩下幾根樹木燒焦了的木炭。

博雅走在庭院中，內心驚訝萬分。

明明在雜草叢中行走，卻不必費勁撥開雜草；踏步在雜草上，雜草也不偃仆，依然在自己雙腳內隨風擺動。

看樣子，不知道是自己還是雜草，已化爲空氣般的存在了。

走了一段路，帶路的晴明停住腳步。

不言而喻，連博雅也明白箇中原由。

前方暗處中，人影依稀可見。

那的確是人影。而且是兩個人。一男一女。

然而，當博雅再定睛一看，差點叫出聲來。

原來，那兩條人影的項上都沒有頭顱。兩人雙手都捧著自己的頭顱，口中不斷重複漫無止境的對話。

「好恨啊……」

「好恨啊……」

兩人三番五次反覆著同樣的話。

「就因爲發現了那蟾蜍……」

「就因爲發現了那蟾蜍……」
「我們才變成這副模樣……」
「我們才變成這副模樣……」
「好恨啊……」
「好恨啊……」
「如果不用竹子刺死……」
「如果不用竹子刺死……」
一是男人，另一是女人，聲音非常細小。
「那麼，多聞就可以活下來了……」
「那麼，多聞就可以活下來了……」
兩人手中的頭顱，吱嗄吱嗄地咬牙切齒。
看樣子，那個多聞是這兩個沒有頭顱的冤魂的孩子。
晴明一聲不響地站到兩人身邊。
「那是何時發生的事？」晴明問。
「喔！」
「喔！」

兩人同時叫出聲。

「大約一百年前的事。」

「是清和天皇在位的時代。」

兩人答道。

「是貞觀八年⑥，應天門失火那年吧？」晴明又問。

「是啊。」

「是啊。」

兩人怨氣滿腹地回道。

「正是那一年啊。」

「正是那一年啊。」

兩人捧在手中的頭顱雙眼，潸然流下血淚。

「發生了什麼事？」晴明問。

「兒子多聞啊……」

「六歲的多聞啊……」

「在那地方發現一隻蟾蜍。」

「是隻很大、很老的蟾蜍。」

⑥ 西元八六六年。

「多聞用手中的竹子將那蟾蜍刺穿在地面。」

「我們事後才知道這件事。」

「那隻大蟾蜍沒死。」

「就那樣刺穿在地面掙扎。」

「到了晚上還在掙扎。」

「第二天中午還活著。」

「那是隻可怕的蟾蜍。」

「蟾蜍本來就是一種怪獸，所以我們根本不知道該怎麼辦。」

「到了晚上，刺穿在地面的蟾蜍會嚎啕大哭。」

「每次嚎啕大哭，蟾蜍四周便出現青色火焰。」

「火焰在燃燒啊。」

「好可怕。」

「好可怕。」

「每當蟾蜍哭泣、四周燃起青色火焰時，睡眠中的兒子多聞便會發高燒，痛苦呻吟。」

「如果殺掉那蟾蜍，又怕蟾蜍作祟。」

「如果拔掉竹子讓那蟾蜍逃生，又怕恢復自由的蟾蜍會報復我們，實在左右兩難……」

「然後應天門失火了。」

「應天門垮下來了。」

「結果變成是我們的罪過。」

「有人說是我們下詛咒，讓應天門失火的。」

「有人在我們家院子看到那隻刺穿在地面的蟾蜍，說蟾蜍不但仍活著，還會發光。」

「那人到處宣揚我們家有會使妖術邪法的人。」

「說我們施行妖術燒掉應天門……」

「我們還來不及申辯，多聞便因發高燒而過世了。」

「噢！」

「噢！」

「悲傷啊！」

「悲傷啊！」

「因為太憤恨了，我們就殺死那隻蟾蜍，再用火燒成灰。」

「多聞也燒成骨灰了。」

「我們將蟾蜍灰和多聞的骨灰埋在一起。」

「是啊，我們將蟾蜍灰和多聞的骨灰放在這麼大的罈子裡，在燒場的應天門下，挖掘了三尺深的洞，最後將罈子埋在那裡。」

「是的，埋在那裡。」

「三天後，我們就遭拘捕、斬首了。」

「三天後，我們的頭就變成這樣了。」

「事前早知道會有這種結局。」

「事前早已知道，才埋了多聞的骨灰和蟾蜍灰。」

「只要應天門還存在，骨灰就會作祟。」

「哈哈。」

「嘻嘻。」

兩人的笑聲揚起時，博雅一時不留神，嘆道：「太悽慘了……」聲音雖低，卻口齒清晰。

瞬間，兩人突然住嘴。

「是誰？」

「是誰？」

兩人手中的頭顱怒目橫眉地望向博雅，臉幻化爲惡鬼。

「快逃！博雅！」

這時，晴明已用力抓住博雅的手腕，拉著他準備逃遁。

「在那邊！」

「別讓他們逃走！」

博雅聽著背後傳來的叫喊，拔腿飛奔起來。

回頭一看，只見兩人在身後追趕，手上的頭顱形似惡鬼，步履如飛地緊追不捨。

博雅嚇得魂不附體。

「非常抱歉，晴明。」博雅握住腰上的長刀，「我設法抵擋他們，你先逃吧。」

「不用擔心。總之，快逃進牛車……」

仔細一看，牛車正在眼前。

「進去！博雅！」

兩人雙雙鑽進牛車內。牛車咯吱一響，開始前進。

不知何時，四周又恢復成伸手不見五指的黑暗世界。博雅掀開垂簾望向後方，發現形形色色的妖魔鬼怪正追趕著牛車。

「怎麼辦？晴明——」

「我料想可能會發生這種事，才帶綾女來的。別擔心。」

說畢，晴明口中唸唸有詞。接著，在牛車前帶路的綾女像是由風颳起，飛舞在半空。

妖魔鬼怪蜂擁而至，群集在綾女身上，狼吞虎嚥起來。

「趁現在快逃！」

就在妖魔鬼怪忙著吞噬綾女時，牛車逃回來了。

五

博雅睜開眼睛，發現原來已身在晴明宅邸中。上方是晴明的臉，正俯視著博雅。

「綾女姑娘呢？」一爬起來，博雅立即問晴明。

「在那兒。」晴明回道。

隨著晴明的視線看過去，博雅發現了一座屛風。正是上面有女子畫像的那座。

但是，本來在屛風上的女子畫像卻整個脫落了。女子原本站立的地方，現在一片空白，只剩下一道輪廓。

「這個？」

「正是綾女。」

「原來綾女是畫像……」博雅喃喃自語。

「沒錯。」晴明回道，「對了，博雅，怎樣？還有精神出門嗎？」

「有，去哪裡？」

「應天門。」

「當然去！」博雅回應。

當天晚上，晴明和博雅來到應天門。

黑不溜丟的夜色中，應天門像凝聚了更黑的暗影，聳立其中。

晴明手中的火把照得應天門鬼影幢幢，更令人不寒而慄。

「眞恐怖。」博雅低道。

「博雅也會感到恐怖？」

「當然啦。」

「玄象琵琶那次，你不是爬到羅城門上了？」

「那時也很恐怖啊。」

「是嗎？」

「恐怖這種感覺，是沒辦法控制的，令人無可奈何啊。但既然身爲武士，再害怕也必須勇往直前，所以我才爬上羅城門。」博雅這麼辯解。

博雅手中拿著一把鋤頭。「大概是這一帶吧。」他用鋤頭敲著地面。

「應該是吧。」晴明回道。

「好。」博雅開始挖掘地面。

不久，應天門下三尺深的地洞中，果然出現了一個年代古老的罈子。

「挖到了！晴明。」

晴明伸出雙手，從地洞中取出沉甸甸的罈子。在這之前，火把已轉交到博雅手中。

年代古老的罈子，在亮光下鬼影搖曳。

「我要打開罈子了。」晴明說。

「不會有事吧？」博雅用力地咕嘟吞下一口唾液。

「應該不會有事。」

晴明打開罈蓋，冷不防從裡頭跳出一隻巨大蟾蜍，才一伸手，便輕鬆地抓住了。

蟾蜍扭動四肢，在晴明手中掙扎，還發出刺耳的叫聲。

「牠有一雙人眼。」博雅說。

蟾蜍的眼睛的確不是蛙眼，而是人眼。

「丟掉算了！」

「不，這蟾蜍融合了人以及老蟾蜍的氣，是很難入手的希世之珍。」

「你打算怎麼辦？」

「將來可以當式神使喚。」晴明回答，又將罈子倒過來，從中撲簌簌掉落出類似骨灰的白粉。

「我們回去吧，博雅——」晴明手中仍抓著蟾蜍。

回到宅邸後，晴明放蟾蜍到庭院中。

「以後應天門不會再出現妖物了。」晴明說。

之後，果眞如晴明所說，應天門不再出現妖物了。

鬼戀闕紀行

一

最初看到那玩意兒的，是渾號爲「赤髮犬麻呂」的盜賊。

犬麻呂是個約五十歲左右、鬢髮斑白的男人。本來是播磨國①西雲寺的僧侶，某天因手頭不濟，偷了寺廟內的純金本尊如來佛像，從此以後便淪爲盜賊。

犬麻呂盜劫的手段狠毒，嗜殺成性，每次行盜時必定殺人滅口——先殺人，再於空無一人的家中不慌不忙地搜刮値錢財物。然而，也有人因爲躲在隱蔽處而僥倖死裡逃生，這些人之中有人看過犬麻呂因沾上死者四濺的鮮血，滿頭滿臉血跡斑斑，從此以後，人們便稱他爲赤髮。

當時，犬麻呂正氣喘吁吁地快步走在街上。

他本來潛進一家位於朱雀大路附近、梅小路內的油商行竊，不料，剛要潛進屋內，竟然與半夜起床如廁的油商母子撞著了。犬麻呂用手中長刀殘殺了母子，一無所獲地逃之夭夭。

一無所獲的原因，是他正要割斷孩子的喉嚨之際，孩子先一步發出悲鳴，驚醒了油商家中其他人。

①今日本國兵庫縣。

隨後，犬麻呂順著梅小路往東逃奔，奔到朱雀大路後，正往南飛步逃離現場。

——夜晚。

時辰大約是亥時過半。

陰曆十四夜的皎皎明月，懸掛在半空正中。

犬麻呂光著腳，腳丫子啪答啪答地踩著自己在地面上的影子往前疾步。

再過幾天，就是神無月②中旬。

腳下的地面很冰冷。

犬麻呂身上是破破爛爛的庶民布衣③，下擺捲起塞在腰內，因此膝蓋以下都曝露在夜風中。

雖然還不到結霜的程度，但對年紀已過五十的犬麻呂來說，寒風依然冷得刺骨。他右手還握著血跡斑斑的長刀。

「啐！」犬麻呂窮極無聊地罵了一聲。

刺殺油商女人時，刀尖卡在胸骨，無法一刀解決，只好抽出後再度刺進，因此多花了點時間，來不及刺殺孩子。

一般說來，人遭遇到突發事件時，通常不會馬上發出尖叫。這是犬麻呂

②陽曆十月。

③日文為「直垂」（ひたたれ，hitatare）。

多年來的經驗之談。

先殺掉一人，趁著對方還未發出尖叫的剎那，再殺掉另一人。

然而，今晚刺殺那女人時失敗了，再度動刀時，孩子已經先叫了出來。

刀刃刺進孩子喉嚨時，尖叫聲雖立即停止，但那聲尖叫已足以驚醒其他仍在酣睡中的家人。

犬麻呂畢竟已年過半百，動作沒辦法再如往昔那般迅速俐落了。

「啐！」犬麻呂又罵了一聲，放慢腳步。

身後不見有人追趕。

犬麻呂邊走邊鬆開布衣下擺。

正當他打算將長刀收進刀鞘時，不自禁頓住腳步——並非因頓住腳步才能將長刀收進刀鞘內，而是因爲前方出現了奇怪的玩意兒。

那是個發著青光的玩意兒。亮光隱約朦朧，宛若天上灑落的月光凝固成一團青白亮光。

「原來是牛車……」犬麻呂自言自語。

從朱雀大路南方——也就是羅城門的方向，一輛牛車面對著犬麻呂停在前方。

牛車前不見牛的蹤影，只有牛車車身。

牛車爲什麼會停在這種地方？犬麻呂覺得很奇怪，卻隨即不由自主地屏住呼吸。因爲，本以爲停在前方的牛車竟然正往前行進，而且是筆直地朝犬麻呂的方向前進。

嘎吱。

犬麻呂耳邊傳來細微聲響。是車軸的咿軋聲。

細微響聲伴隨著牛車，在黑暗中逐漸朝犬麻呂的方向逼進。

嘎吱……

嘎吱……

嘎吱……

牛車的速度極爲緩慢，難怪犬麻呂最初會以爲牛車停頓在前方。

犬麻呂目瞪舌僵。

沒有牛拉曳牛車，爲什麼牛車可以往前行進？

犬麻呂倒退了半步，又發現牛車左右各有一個隱約發光的人影。

牛車右側——對犬麻呂來說是左側，有個黑色人影。

牛車左側——對犬麻呂來說是右側，有個白色人影。

這實在太奇妙了。

明明是夜晚，那黑色人影和白色人影竟同樣清晰可見。兩個人影都隱約浮泛在黑暗中，宛如天上降落的月光籠罩在他們身上。

——這肯定不是人世的玩意兒，犬麻呂暗忖。一定是妖魔鬼怪，否則沒有牛在拉的牛車怎麼可能前進。

嘎吱……

嘎吱……

牛車與那兩個人影，像浮在半空中般緩緩而行，逐漸逼近犬麻呂。

由於時常在夜深人靜的時刻行竊，至今爲止，犬麻呂也曾遇過幾次咄咄怪事，例如昏黃燃燒的鬼火；不見人影卻在身後緊追不捨的腳步聲；在崩塌的大門下，自女人棄屍頭上一根根拔下頭髮的老太婆；半夜在街上哭喊遺失了眼珠的裸體孩子。

但今晚所遭遇的，卻比至今所見的任何一次還怪異。

然而，犬麻呂是個膽大包天的男人。

他深知無論對方是幽魂或狐狸鬼怪之類的，碰到這種場合，若是恐懼不安、怯頭怯腦，反而會沒個好結果。

嘎吱……

嘎吱……

面向逐漸逼近的牛車，犬麻呂抬起剛剛往後退了半步的腳，跨向前方。

牛車與犬麻呂之間的距離，與最初相比，縮短了一半。

黑色人影是男人。是個身穿黑色布服的武士，右腰佩帶一把長刀，悠然往前邁步。

白色人影是穿著外出裝束④的女人，身上是白色單衣，頭披罩袿，雙手在內側抓住衣領支撐著罩袿。

女人也靜謐無聲地移動腳步，宛如在半空中飄舞。

不但聽不到這對男女的腳步聲，也聽不到牛車踩踏路面的聲音。

只能聽到細微的車軸咿軋聲。

嘎吱……

嘎吱……

當牛車終於來到眼前，犬麻呂掄起手上的長刀。

「你們要去哪裡？」犬麻呂低聲喝道。

如果是神通力薄弱的狐狸之類，光是聽這一喝，通常便會消聲匿跡。

④「壺裝束」（つぼしょうぞく，tsubo-shozoku）。

然而，對方卻沒有反應。

男人、女人、牛車，依然以同樣的速度悠然前進。

「你們要去哪裡？」犬麻呂右手高舉著長刀，再度問道。

「我們要到皇宮。」女人的聲音響起，聲音來自牛車內。

隨後有人輕巧掀開垂簾，牛車內出現了一位約二十七、八歲的美貌女子。

女子雙唇豐滿，明眸皓齒，身上穿著十二單衣。衣物大概薰過香，一陣馥郁香味傳到犬麻呂的鼻尖。

女人立即又放下垂簾，消失在牛車內。

犬麻呂的鼻尖還殘留著那陣馥香。

牛車已逼近眼前。空空的衡軛沒套住牛，就在眼前晃來晃去。

高舉著長刀、岔開雙腳、使勁站在原地的犬麻呂，這才發現衡軛上綁著令人駭然的東西。

那是一束既黑又長的女人頭髮。

「哎呀！」犬麻呂驚叫一聲，用力翻滾到一旁。

牛車肅靜地自犬麻呂身邊通過。

方才傳到犬麻呂鼻尖的芬芳香味，此時已變成一股腐臭味。

二

源博雅抱著胳膊坐在走廊木板上——正是土御門小路上、安倍晴明宅邸中的走廊。

黃昏時刻，正在下雨。雨絲又細又軟，而且冰冷。

毛毛細雨濡溼了野草叢生的庭院。

這雨已連下了三天。

幾乎從未修整的庭院，映現在博雅眼前。

一個月前還飄蕩著甘美芳香的桂花，已經落盡。

庭院中繁茂的野草，也失去了盛夏時的油綠氣勢，發黃褪色地淋著雨絲。草叢中甚至還有枯萎變色的荒草。

在這些野草之間，可以看到紫色的龍膽和桔梗。

不知何處似乎開了菊花，明明是雨天，卻偶爾會隨風飄來陣陣菊花香。

博雅左側擱著朱鞘長刀，右側則有個高䠷、端麗的男人，同樣坐在走廊觀看著庭院。這個男人是陰陽師安倍晴明。

博雅坐如磐石，抬頭挺胸、端端正正；晴明則隨意坐著，右肘擱在右膝上，右手頂著下巴。

晴明和博雅之間的地板上，放著一個素陶盤子，盤上盛著蘑菇。數種蘑菇混雜在一起，皆已用火烤過。

盤子邊緣另有烤味噌，是用來蘸蘑菇的，兩人時而分享蘸著味噌的蘑菇。

蘑菇是下酒菜，盛蘑菇的盤子一旁則放著酒瓶和兩只酒杯。

略大的酒瓶內，剩下不到半滿的酒。

大約在一個時辰前，博雅一如往常，單獨一人提著一籃蘑菇，乍然出現在這宅邸。

稀罕的是，晴明竟親自出來迎客。

那時，博雅問道：「喂，你眞的是晴明吧？」

「那還用說。」晴明笑著回答。

「平常你們家出來迎客的，不是一些莫名其妙的女人，就是老鼠之類的，所以就算是一個外貌跟晴明一樣的人出來迎客，我也無法立即相信你就

是晴明啊。」

「是晴明啦。」

晴明說畢，博雅才總算鬆了一口氣。

沒想到晴明咯咯低聲笑了一聲。

「怎麼了？晴明——」

「博雅啊，既然你滿腹狐疑，但只要有個外貌是晴明的人自稱爲晴明，你就深信不疑了？」

「難道你不是晴明？」

「我幾時說過我不是晴明了？」

「哎，愈說愈糊塗了，晴明呀——」博雅接著說，「不知是哪時，有一次也是你親自出來迎客，老實說，那時我也感覺很可能受騙了。反正跟你這種喜歡把事情變得複雜的人抬嘴，實在很累啊。總之，讓我先進去再說吧。」

說畢，博雅便擅自進門，直接步向走廊。

來到走廊一看，本來應該在博雅身後的晴明，竟然橫躺在走廊地板上。支著右肘托著臉頰的晴明，面帶微笑望著博雅。

「眞正的晴明果然在這裡。」博雅才說完，橫躺在地板上的晴明隨即浮上半空，然後隨風吹送一般，飄舞到雨中的庭院。

一飄出庭院，晴明的身體便掉落在草叢上。雨滴打在晴明身上，眨眼間，晴明開始縮小。

「喔……」博雅叫出聲時，草叢上只剩一張剪成人形、任憑雨滴擊打的紙。

「怎樣？博雅！」後方響起呼喚聲。

博雅回轉過頭：「晴明——」

身穿白色狩衣的晴明站在後方，宛如女人的紅唇上浮著笑容。

「眞正的晴明果然是我吧？」晴明說。

「誰知道？」博雅說畢，盤腿坐了下來。接著，博雅將手中的竹籃順手擱在身邊。

「喔，是蘑菇？」晴明也盤腿坐下，探頭看著竹籃內的東西。

「本來想拿這個當下酒菜，跟你對飲一杯，不過算了，我要帶回去。」

「爲什麼？」

「因爲我生氣了。」

「別氣，博雅。這樣好了，我親自去烤蘑菇向你賠罪。」說著，晴明伸手提起竹籃。

「等一下，你沒必要親自去烤蘑菇啊，和往常一樣，叫那些式神去烤不就行了？」

「沒關係。」

「我說生氣了是騙你的，只是想讓你傷一下腦筋而已。」

「博雅，你眞是老實人。別在意，我這就去烤。」說罷，晴明提著竹籃站起來。

「喂，晴明——」博雅想叫住晴明時，晴明已經走出去了。

蘑菇來了。

晴明隻手端著盤子，上面盛著烤好的蘑菇，香氣四溢。另一手垂著，指間夾著酒瓶和兩只酒杯。

「太不好意思了，晴明。」博雅覺得過意不去。

「喝酒吧。」

「喝酒吧。」

兩人便觀賞著煙雨中的庭院，一杯復一杯地對酌起來。

從這時開始，兩人之間幾乎毫無對話。
「唔。」
「唔。」
只在爲彼此斟酒時，互相低道一聲而已。
黃昏時刻，除了偶爾傳來打在草叢和樹葉的雨聲以外，煙雨中的庭院靜謐無聲。
庭院已是晚秋顏色。
「晴明……」博雅猝然開口。
「什麼事？」
「從這兒這樣觀望你的庭院，不知怎麼回事，最近我開始感覺這樣的庭院其實也不錯……」
「是嗎？」
「與其說是沒人整理、荒蕪得不像話，我卻覺得不是如此，似乎有別的意境在。」博雅觀看著庭院說道。
這是野草叢生的庭院，完全無人整理，聽其自生自滅。猶如剪貼了附近一塊荒山野地，再隨意擱置在這座庭院中。

「實在很不可思議。」博雅嘆道。

「什麼地方不可思議？」

「這庭院不管是春、夏、秋季，看上去都好像只有一片野草，但其實每個季節都不一樣。每個季節都各有其顯目的花草和不起眼的花草。就說胡枝子吧，因爲花都落了，所以現在無法馬上找到胡枝子到底長在哪裡，可是卻能看到至今爲止一直不知道躲在哪裡的桔梗和龍膽……」

「是嗎？」

「所以我才說不能用荒蕪來形容這庭院。可是，雖說與荒蕪的意思不同，老實說，我又覺得這庭院和往常一樣，一點變化都沒有。所以……」

「所以感覺很不可思議？」

「嗯。」博雅老實地點頭，「看來一樣，其實卻不一樣；看來不一樣，其實卻又一樣。而且不管是一樣還是不一樣，我總覺得這世上所有景象，很可能與生俱有既一樣、又不一樣的特性。」

「太厲害了，博雅。」晴明說道。

「厲害？」

「你現在說的，正和咒的本源道理有關。」

「又是咒？」

「唔。」

「晴明，我好不容易才覺得似乎理解了一些東西，你不要又鬼扯些莫名其妙的道理，令我再度昏頭昏腦。」博雅說畢，舉杯喝酒。

晴明一反常態，噤口不語，只望著博雅。

博雅擱下飲盡的酒杯。驀地，他察覺到晴明的視線，姑且和晴明相視了一眼，隨即移開視線又望向庭院。

「對了，晴明，那件事你聽說了嗎？」博雅問道。

「什麼事？」

「赤髮犬麻呂束手就縛了。」

「捉到他了？」

「嗯，昨天。」

「喔。」

「赤髮犬麻呂在四天前夜晚闖入一家油商，殺了那家油商一對母子，結果什麼也沒偷到便逃走了。本來大家以爲他一定早就逃離京城，沒想到官方竟在京城內捉拿到他。」

「京城哪裡?」

「據說是在西京極的十字路口捉拿到的，當時他一副魂不附體的模樣，在街上徘徊遊蕩。手中握著一把血跡斑斑的長刀，身上的衣服也沾滿了血跡，結果就那樣落網了。」

「原來如此。」

「本來兩天前就接到通報了。有人通報說，一個長得很像犬麻呂的男人，手中握著一把沾有血跡的長刀在街上遊蕩。大家起初都不相信，後來才知道是事實，昨天早上才眞的逮捕到犬麻呂。」

「那不是很好嗎?」

「很好是很好，不過犬麻呂好像遭鬼附身了。」

「鬼?」

「聽說他自從闖入油商那晚以來，便不吃不喝，在街上徘徊遊蕩。官方派人去捉拿他時，他甚至不加抵抗就束手就縛。」

「是嗎?遭鬼附身又是怎麼回事?」

「他在牢中不斷囈語，說的都是跟你說的咒一樣莫名其妙的夢話。將他的夢話拼湊起來，才知道他從油商那兒逃走的途中，似乎在朱雀大路撞鬼了。」

「鬼？」

「是乘牛車的鬼。」

博雅向晴明說明了拼湊犬麻呂的夢話後，所得知的大致內容。

「那女鬼眞的說要到皇宮去？」晴明問博雅。

「聽說是這樣。」

「結果呢？來了沒有？」

「沒來。我在皇宮沒聽人提起這件事。」

「有趣。」

「還有，那牛車聽說最後消失了。」

「消失了？」

「那牛車經過犬麻呂身邊，行進到八條大路時就消失了。」

「犬麻呂看到了？」

「好像是。他在後方一直望著牛車行走，牛車走到朱雀大路和八條大路的十字路口時，突然消失了。」

「犬麻呂呢？」

「死了。」

「死了？」

「嗯，昨晚死了。」

「被捕當天晚上就死了？」

「對。遭到官方逮捕時，他就在發高燒了，全身燒得像是一團火。到了晚上，病情更加嚴重，最後聽說他一邊連連喊冷、一邊不停發抖而死掉的。」

「太可怕了。」

「還有啊，晴明……」

「還有什麼？」

「聽說有關那牛車的事，犬麻呂好像沒說謊。」

「爲什麼？」

「老實說，其實還有另一個人也看到了那牛車。」

「誰看到了？」

「我有個朋友叫藤原成平，是位公卿，這傢伙貪逐女色，到處金屋藏嬌，時常到女人的居所過夜。正是這傢伙看到了那牛車。」博雅低聲說明。

「是嗎？」
「他在三天前的夜晚看到了。」
「三天前，那不正是犬麻呂闖入油商家的第二天晚上嗎？」
「嗯。」
「然後呢？」
「成平有個女人住在西京極，那晚他打算前往女人居所，結果在途中看到了牛車。」
「唔。」
「時刻大約是亥時左右。地點是朱雀大路與七條大路的十字路口。」博雅的身子微微前傾。
「亥時啊，那已經相當晚了。」
「他爲了寫和歌給另一個女人，而耽誤了時間。」
「另一個女人？」
「那天他不小心同時送出兩封信給兩個女人，說他當晚要過去，只好再寫一封信及和歌給其中一個女人，告訴對方要取消約會。」
「眞辛苦。」

「那天晚上，成平驅車在朱雀大路上趕路，經過七條大路時，就看到了那輛沒有牛牽引的牛車。」博雅開始詳細述說。

據說，起初是牛車旁的三名隨從發現到那牛車。

那天剛好是雨季開始的第一晚，大氣中煙雨霏霏。月亮躲在雲端裡，看不到月光，黑得像是被人遮住了眼睛，看不見四周。

隨從手中各自舉著燈火，一行人正在趕路時，突然發現前方羅城門方向有一亮光，逐漸挨近。

那亮光朦朧昏暗。

嘎吱……

嘎吱……

牛車車軸的咿軋聲傳了過來。

明明不見有人舉著燈火，爲什麼會發出那種亮光？

逐漸挨近的是一輛牛車，但衡軛前沒有牛。雖然沒有牛牽引，牛車卻步步挨近。

牛車左右各有個身穿黑色布服的男人，和身穿白色單衣、頭上披著白色罩褂的女人。兩人與牛車同時朝著成平的方向走來。

「太詭奇了……」

聽了隨從的報告，成平掀開垂簾往外探看後自言自語。

牛車終於近在咫尺。

「成平大人，這可能是妖魔鬼怪，請儘快逃離！」隨從剛說畢，牽引著成平牛車的牛突然暴跳起來。牛頭猛勁撥甩，想避開前方逃往一旁。力量奇大的牛搖晃著整輛牛車，折斷了一根衡軛，牛車於是翻倒在地上。結果，牛掙脫了衡軛的束縛，飛奔而逃。

隨從三人中，有兩人哇哇大叫地跟在牛後，一起逃之夭夭了。

成平從翻倒在地上的牛車中爬了出來。地面因雨水而泥濘不堪，成平也全身沾滿了汙泥。

隨從之一在逃跑之際拋出手中火把，火把落在牛車上，點燃了垂簾，成平的牛車冒出火舌，開始燃燒起來。

慢條斯理前進到成平眼前的那牛車，停了下來。接著牛車內傳出女人的聲音。

「麻煩請你讓路好嗎？」女人的聲音清澈響亮。

然而，成平卻動彈不得，原來早已嚇得手麻腳軟。

「這麼晚了，妳一個女人要去哪裡？」成平無法逃開，鼓起勇氣問。

語畢，有人掀開牛車垂簾，垂簾後出現一張女人的臉，肌膚皎潔得令人目不轉睛。女人文靜地張開雙唇。

「我想到皇宮去。」女人那豐滿的嘴唇如此說道。

一陣甘美香味飄到成平鼻尖。

女人身上穿著華麗的十二單衣。

成平藉著在雨中燃燒的牛車火光，看清了女人的服裝。

可是，成平依然動彈不得。因爲，就在成平想移動身軀時，突然看到了綁在牛車衡軛上的東西。

那是一束既黑又長的女人長髮，長髮綁在牛車衡軛上。

成平看到了那束長髮，再度嚇得手腳不能動彈。

「那……那是……」

成平口中雖然發出了聲音，卻因爲過於恐懼，一句話也講不出來。女人說話時的文靜態度和明豔動人的外貌，更令成平膽戰心驚。

「我要花七天參謁皇宮，現在正在途中。」女人說話時，牛車兩旁的男女均默不作聲。

這時，在一旁靜觀的成平隨從之一，從腰間拔出長刀。
「啊呀！」隨從閉上眼睛，全身顫抖地揮舞長刀，砍向牛車。
垂簾裂開，長刀切進牛車內。
「喀嚓！」牛車內傳出聲響。
原來是女人用牙齒咬住切進垂簾內的刀刃。不，這時的女人，已經不再是普通女人了。
女人身上依然是十二單衣，但她已化爲赤目獠牙的厲鬼。
吼！一旁身穿白色單衣、頭上披著罩袿的女人發出一聲狂嗥。眨眼間，女人四肢趴在地上，頭上的罩袿脫落。女人的臉變成一隻白狗。
另一旁穿著黑色布服的男人，容貌也變成一隻黑狗。
兩隻狗當下就撲到揮舞長刀的隨從身上，不但咬斷隨從的頭顱，也肢解了手腳。
之後，兩隻狗將隨從的軀體連皮帶骨吃個淨光。
成平趁這時候，連滾帶爬地逃離現場。
屁股後傳來喀哩喀哩、咕嚓咕嚓的聲音，是那兩隻狗正啃咬隨從軀體的骨頭和肉塊。成平覺得汗毛直豎。過一會兒，兩隻狗又恢復原本的男女樣

貌，並列在牛車兩旁。

嘎吱……

牛車又開始行進。

當牛車越過在地面匍匐的成平，跨進就在成平鼻尖前的七條大路十字路口時，牛車和兩個男女都在成平眼前全部消失了。

三

「後來呢？」晴明問博雅。

「成平待在家中，因發高燒而臥病在床。」博雅抱著胳膊回道。

「大概是受到瘴氣侵襲了。」

「瘴氣？」

「嗯，和犬麻呂一樣，都是受到瘴氣侵襲而導致死亡。」

「成平也會死嗎？」

「不，應該不會。犬麻呂那時不是剛殺了兩個人，身上還沾滿血跡嗎？」

「是啊。」

「犬麻呂當時的狀態特別容易遭瘴氣侵襲，但成平並非如此，只要休養五天便沒事了。」晴明說畢，拿起酒瓶往自己的空杯裡斟酒。

「那女人說她要到皇宮？」

「嗯。」

「她還說總共要花七天吧。」晴明自言自語，再舉起酒杯喝下杯中酒。

「實在有趣。」

「有趣嗎？我倒是很傷腦筋。」

「傷什麼腦筋？」

「不知道該不該向皇上報告這件事。」

「原來如此。如果皇上知道了這件事，應該多少也會傳到我這兒。可是皇上沒派人來我這兒商討任何事，這表示你和成平都還沒向皇上報告吧。」

「嗯。」

「果然如此。」

「昨天成平請我到他家，我才第一次聽到這件事，他找我商量該怎麼解決。所以目前只有我知道這件事。」

「你打算怎麼辦？」

「就是不知怎麼辦，才來找你商量的嘛。犬麻呂所說的夢話，大概已經傳進皇上耳裡了，但皇上卻還沒派人來請你進宮，這表示皇上不怎麼在意那些夢話。不過，要是皇上知道連皇宮內的公卿也遇見同一個女鬼，而且還爲此犧牲了一名隨從，恐怕會坐立不安吧？」

「成平爲什麼不向皇上報告呢？」

「是呀，問題就出在這裡。晴明，我剛剛不是說過成平那傢伙貪逐女色嗎？」

「唔。」

「成平那傢伙，當晚他爲了去女人那兒，向皇上撒了謊。」

「什麼？撒謊？」

「那晚正好是十五滿月夜。你也知道那晚在清涼殿舉行了小小的賞月吟歌會吧？」

「喔。」

「若是看不到月亮也就算了，大家還是可以在和歌中描述躲在雲端的月亮，而當晚成平也答應要參加那場吟歌會。」

「原來如此。」

「可是成平那傢伙居然忘得一乾二淨，跟女人約好當晚去幽會。」

「原來他選擇了女人……」

「成平那傢伙還寫了一兩首風趣的和歌，說他因爲急病而無法參加吟歌會，並用一把鏡子比做月亮，派使者將和歌與鏡子送到清涼殿。」

「唔。」

「『今晚有雲，月亮躲在雲端，使得好不容易盼到的吟歌會無法舉行。因此臣便出門到雲端上取月。雖然順利得到月亮，卻因吹了太久天上的冷風，所以突然發起高燒。今晚臣無法出席吟歌會，所以奉上得手的月亮……』和歌的內容大致是這樣。」

「然後他動身到女人居所，在途中遇見了女鬼？」

「你總算理解了吧？晴明，如果向皇上報告女鬼的事，皇上便會知道他撒了謊，因此成平才找我商量該怎麼辦。」

「原來如此……」

「晴明啊，你說該怎麼辦？」博雅問道。

「該怎麼辦……我現在也說不出來，要先親眼看看那牛車才知道。」

「你要看？看牛車？」

「明天晚上如何？」
「明天晚上看得到牛車？」
「明天晚上亥時左右，在朱雀大路和三條大路的十字路口，應該可以看到那輛牛車。」
「你怎麼知道？」
「那女人不是說要花七天到皇宮嗎？」
「是啊。」
「第一天晚上是八條大路，第二天晚上是七條大路吧？」
「……」
「我是說牛車消失的地方。」
「喔！」
「消失之前，牛車一直順著朱雀大路往皇宮方向前進吧？」
「嗯。」
「以此類推，第三天應該是六條大路，第四天是五條大路，今晚是第五天，應該是四條大路吧？要是有人偶然看到了那牛車，我的猜測便會更確定了。」

「原來如此，是這樣啊。可是，晴明啊，從朱雀大路的羅城門到皇宮的朱雀門這一段路，那牛車可以只花一天就一口氣抵達呀！」

「對方大概也有種種不方便的地方吧。」

「這麼說來，晴明，如果不理對方的話，後天——也就是第七天晚上，牛車便會抵達皇宮的朱雀門囉？」

「應該是的。」

晴明說畢，博雅更加用力地抱著胳膊凝視著庭院。

「事情變得很棘手。」博雅凝視著庭院愈來愈濃的夜色，自言自語道。

「所以才找你明天去看看啊。」

「看牛車？」

「亥時之前，我們只要躲在朱雀大路和三條大路的十字路口附近就行了。」

「這樣便可以解決問題嗎？」

「看了再說。如果是太惡劣的鬼，只能向皇上報告一切，請皇上暫時迴避一下，要不然，就得準備特殊咒術了。」

「反正這方面是你的專長，就交給你辦了。老實說，晴明，我還有一件

事想和你商量。」

「什麼事？」

「想請你幫我解釋一樣東西。」

「解釋？」

「老實說，我收到一封女人的信——不，是一首和歌。」

「和歌！博雅，你是說有女人送你和歌？」

「是啊，收是收到了，可是我對這方面完全不懂。」

「你不懂和歌？」

「和歌跟你的咒一樣，太複雜了。」博雅回道。

晴明只是報以微笑。

身強力壯的博雅一副木頭人模樣，臉上流露出對和歌一竅不通的表情，坐在那兒。然而一旦讓這男人彈起琵琶，又會用撥子彈奏出判若兩人的音色。

「我實在不懂和歌的雅致。」博雅自言自語。

「什麼時候收到的？」

「喔，我記得很清楚，是四天前的下午。那天我捧著皇上抄寫的《般若經》，打算前往東寺獻納。才剛離開清涼殿，徒步正要通過承明門時，有個大概七、八歲的女童，突然從紫宸殿前那株櫻花樹下跑出來，塞給我一封信。而且，晴明呀，那封信上還附了龍膽花……」

「是嗎？是嗎？呵呵……」晴明望著博雅，愉快地微笑。博雅則意識到晴明的視線，故意板著臉，假裝不在意。

「我低頭看了一眼信和龍膽花後，抬起臉來，那女童已不知去向了。」

「哦。」

「那女童不可能單獨出現在那種地方，大概是跟隨哪位王公貴戚小姐進宮朝賀的吧。那時，我打開信看，才知道是和歌。」

「先讓我看一下那首和歌。」

聽晴明如此說，博雅從懷中掏出信箋，並將信箋遞給晴明。

分明懸牛拉曳吾　不料車復繫他意

信箋上寫著一首和歌，是女人的字跡。

「啊哈，原來如此。」晴明邊看和歌邊點頭。

「什麼意思？什麼原來如此？」

「你是不是對哪個女人太冷淡了？」

「冷淡？沒有啊！只有女人不理我，我可從來沒冷淡過女人。」博雅面紅耳赤地反駁，「晴明啊，你快說，那上面到底寫些什麼？」

「就是字面上的意思嘛。」

「就是看不懂才問你呀。我對這方面眞的完全一竅不通。利用複雜的和歌傳達彼此心意，這種文雅的玩意兒我根本學不來。喜歡的話，直接說喜歡、牽牽對方的手，不是更簡單？晴明啊，你別賣關子了，快幫我解釋一下和歌的意思嘛——」博雅更加漲紅了臉。

晴明看熱鬧般地望著博雅。

「這個啊，是向無情男人抒發內心怨氣的女歌……」

「太厲害了，晴明，你怎麼知道是這個意思？」

「這是在對一個偶爾才來幽會的男人發怒……」

「換句話說，是在鬧彆扭？」

「嗯，不錯。」

「可是，你怎麼知道？」

「別急，你聽我說。男人通常都乘車到女人的住居幽會，有些人讓隨從拉曳車子，不過這首和歌裡的車子是讓牛拉曳的。也就是說，交通工具是牛車，將車子架在牛身上、讓牛拉曳。」

「這又怎麼了？」

「因此這首和歌，是以牛拉曳車子來比喻女人的內心懸著憂鬱，是在向男人抱怨啦。」

「原來如此！」博雅拉高了聲音。

「而且這首和歌裡頭，還親切地提供了跟謎底有關的暗示……」

「謎底？」

「是啊，你看，她下一句寫著『不料車復繫他意』，既然對方已明顯地告訴你另有他意，這暗示當然就是上一句的『牛』。『牛』不是與『憂』同音嘛，這樣還看不懂的話……」⑤

晴明說到這兒便頓住了。

「看不懂的話又會怎樣？晴明——」

「不會怎樣，看不懂才像是你的作風，看懂了才怪。」

「你在嘲笑我？」

⑤日文裡，「牛」（うし，ushi）與「憂」（憂し，ushi）同音。

「不，我是說，我正是喜歡這樣的博雅。這樣的博雅才像博雅……」

「唔，唔。」博雅似乎無法完全心服，似懂非懂地點了頭。

「話說回來，博雅啊，你眞的不知道這女人是誰？」

「不知道。」博雅斬釘截鐵地回道，「雖然不知道，不過我想起了一件事……」

「什麼事？」

「剛剛聽你解說和歌時，我突然想起了一件事。收到這首和歌那天，正是那輛沒有牛拉曳的牛車出現那天……」

「說得也是。」

「兩者之間好像有關係，又好像無關……」

「這我也不知道，不過，信箋上所附的龍膽花，很可能暗喻著什麼難言之隱吧。」

「龍膽花……」

「總之，明晚我們一起去看那牛車吧。」

「要去嗎？」

「去。」

「去。」

事情就這樣決定了。

四

雲朵在移動。

是烏雲。

月亮則在烏雲中時隱時現。

疾風攪動著天空。

烏雲覆蓋了大半夜空。烏雲間裂縫處處，從雲縫中望上去的夜空，星斗透明得令人嗟訝。

移動的雲朵不時將月亮吞噬，又將月亮噴吐出來。

月亮看似在天空奔馳。

每當月亮從雲端出現，遮蔽著晴明和博雅的山毛櫸，便會在地上畫出濃厚的陰影。

時刻恰是亥時。

晴明和博雅躲在山毛櫸樹後，靜待牛車出現。

他們身在朱雀大路與三條大路的十字路口附近、面對羅城門方向，離十字路口有一點距離的朱雀大路右側。

背對著朱雀院的高大圍牆，晴明和博雅都望向馬路。

博雅左腰佩帶著長刀，腳履鹿皮靴，身著寬袍，左手持弓箭。一副準備交戰的模樣。

晴明卻依然隨意地穿著平常穿慣了、方便行動的白色狩衣，身上也沒佩帶任何長刀。

四周靜謐無聲。

看不到任何人影，只看得到宅邸和圍牆漆黑一團的陰影。別說燈火了，連老鼠跳竄的聲音都聽不到。

耳邊傳來的僅有頭上隨風騷動的山毛櫸樹葉聲。

剛落地的樹葉在腳底下沙沙地任由疾風吹走。

「晴明，牛車眞的會出現嗎？」博雅問道。

「應該會吧。」晴明回應，「自古以來，路與路的交岔口——也就是十字路口——通常是魔物的通道。牛車自十字路口出現，又消失在十字路口，其實一點都不奇怪。」

「是嗎？」博雅回道，兩人再度默不作聲。

時間在無言中流逝。

突然——

嘎吱……

低沉的聲音響起。

是低悶的車軸咿軋聲。

與晴明兩肩相觸的博雅，全身僵硬起來。

博雅左手緊緊握住長刀刀鞘。

「來了！」晴明說。

果然如晴明所言，自羅城門方向出現一團朦朧的青白亮光，逐漸挨近。是一輛牛車。雖然沒有牛在拉曳，但牛車還是步步往前行進。

果如其言，牛車左右有一對男女與牛車齊步行走，男人右腰佩帶著一把長刀。

牛車順著朱雀大路逐漸緩步逼近。

「喂，晴明啊，那男人是不是左撇子？」博雅突然開口。

「爲什麼？」

「他把長刀佩在右腰上。」

博雅剛說畢，啪地一聲，晴明在博雅肩上拍了一掌。

「好厲害！博雅。原來如此，原來是這麼回事。」晴明很難得地發出雖低沉卻喜不自禁的聲音。

「怎麼了？晴明？」

「沒什麼，不過托你的福，我知道了一件事。」

「什麼事？」博雅還未說畢，便被晴明低低噓了一聲打斷。

晴明望著牛車。

牛車停在離三條大路還有些距離的朱雀大路上，就在晴明和博雅的眼前。

兩人都能清楚看到綁在衡軛上的烏黑長髮。

——怎麼了？

兩人正覺奇怪，牛車垂簾內傳出清澈的女人聲音。

「是誰躲在那裡？」聲音問道。

「她發現我……」博雅才低聲問，晴明趕忙伸手掩住博雅嘴巴。

「只要不回答對方的問話、不大聲叫喊，對方絕不會發現我們。我在樹的四周已佈下結界。」

可是……

博雅用疑問的眼神回望晴明。

「她說的不是我們。」晴明在博雅耳邊竊竊私語。

說時遲，那時快。冷不防傳來撕裂大氣的尖銳聲。

咻！一支箭奔馳在夜氣中，貫穿了牛車垂簾。

「哎呀！」垂簾內傳出女人的尖叫。

牛車左右的男女怒目橫眉地凝視著箭飛過來的方向。

兩人渾身抖了抖，彎腰弓背趴了下來，頓時化身爲狗。兩隻狗輕快地跳到牛車上，同時鑽進垂簾內。

從三條大路陰暗處跳出幾個人影，包圍住牛車。

人影手中都握著長刀。

長刀在黑暗中反射著月光，銀光閃閃。

「幹掉了？」人影之一低聲問道，奔向牛車。

稍後，又出現兩個男人。其中一人的手中舉著亮晃晃的火把，另一個則

腳步踉蹌。

這兩人並立在剛剛問話的那男人身邊。

「火！放火！」腳步踉蹌的男人下令道。眾人中只有這男人手中空無一物。

「成平——」博雅低道。

原來那男人是成平。

成平兩腿發軟地站在牛車旁，瞪視著牛車。

舉著火把的男人伸手點燃了牛車垂簾。

垂簾熊熊燃燒起來。

就在這時，火焰中突然伸出粗壯、毛茸茸的巨大青色手臂。

「啊！」成平大叫了一聲。

巨大手臂一把抓住成平，鉤爪深深插進成平的喉嚨和胸部，當下便把成平拉進正在燃燒的牛車內。

嘎吱……

牛車又開始前進。

「成平大人！」

「成平大人！」

眾人異口同聲呼喚著成平，並揮舞長刀砍向牛車，但刀刃屢次反彈回來。

也有人拉住牛車不讓牛車前進，不過牛車依然往前移動，朝著三條大路十字路口緩緩而行。

「成平！」博雅大叫，從樹蔭下跑出去。

晴明尾追在後。

「痛呀！」

「痛呀！」

著火的垂簾內傳出成平的哀叫。

也傳出喀哩喀哩啃咬骨頭的聲音。

妖物在牛車內活生生地啖噬了成平。

晴明和博雅趕上牛車時，牛車已經跨進三條大路十字路口中央。

然後牛車連火一起消失了。

牛車消失後，三條大路與朱雀大路的正中央，只剩下沒有頭顱的成平軀體。

「成平……」博雅喃喃自語。

映照著半空射下來的月光，成平那血淋淋的屍體在博雅腳邊閃閃發光。

五

分明懸牛拉曳吾　不料車復繫他意

晴明坐在走廊，膝蓋前攤放著博雅收到的那封和歌信箋。

隔著信箋，博雅坐在晴明對面。

晚秋陽光照射在庭院中。

連續幾天冰冷的秋雨，令庭院的顏色面目一新。

深濃的秋色已經接近尾聲，庭院正在等待初霜降臨。

「晴明啊，就是今晚呀——」博雅愁容滿面地說。

晴明似乎在思考某件事，心不在焉地時而看看信箋，時而望向庭院。

「我今天來的目的，正如剛才所說。」博雅繼續說道。

原來昨晚有關成平的行動與牛車的事，終於傳進皇上耳裡。

「成平那傢伙，這件事只要交給我倆去辦就行了，他原本可以乖乖在家睡覺的，沒想到竟然自己帶了手下想去斬妖除怪，結果不但沒達到目的，反倒讓妖物咬死了……」博雅喃喃自語。

因而，今天早晨，皇上召喚了博雅和成平的手下，盤問追究事情的根由與底細。

皇上本來也想召喚晴明，可是只有晴明一人形蹤不明。皇上幾次派出使者到晴明宅邸，但每次晴明都好像不在家。

於是皇上另外派了博雅過來，猜想博雅或許能夠找到晴明。

既然晴明不在家，不管派誰來應該都不在家才對。待博雅來到晴明宅邸，出乎意料地竟發現晴明在家。

「原來你在家！」博雅問晴明。

「在啊。我一直在查資料。使者來的時候，我也知道，只是嫌麻煩就沒理他們。」

「查什麼資料？」

「我在查一些有關鏡子的資料。」

「鏡子？」

「嗯。」

「鏡子怎麼了？」

「鏡子的事已經查完了，我現在最傷腦筋的是皇上的事。」

「皇上？」

「是啊。雖然知道一定跟女人有關……」晴明說畢，抱著手臂沉思起來。

博雅來到晴明宅邸後，晴明只回答了上述幾句，之後便一直閉口無言。

無論博雅說些什麼，晴明只是眺望著庭院，漫不經心地點頭。

「原來如此——」，晴明總算開口了，「你是說，你們今晚打算在朱雀門等那輛牛車出現？」

「是啊，除了我和二十個身手矯捷的人之外，還有五名和尚。」

「和尚？」

「從東寺叫來的和尚。聽說要讓他們施展降伏魔靈的咒術，已經開始準備了。」

「哈哈。」

「和尚的咒術不靈驗嗎？」

「不是這個意思。不是咒術不靈驗，而是恐怕很難成功。再說，不把這件事的原因究查出來，不是不好玩嗎？」

「這不是好玩不好玩的事呀！是今晚的事！」

「我知道。」

「現在哪有時間去查原因？」

「不過，也許查得出來。」

「可以？這話怎說？」

「去問啊。」

「問誰？」

「問皇上。」

「可是皇上說過，他想不起到底是什麼原因……」

「你向皇上報告那首和歌的事了？」

「還沒有。」

「那你幫我傳話給那男人。」

「哪個男人？」

「皇上啊。」

「渾蛋！晴明，你竟然稱呼皇上爲那男人……」博雅目瞪口呆。

「晴明，你聽好，除了我以外，你絕不能在別人面前稱呼皇上爲『那男人』。」

「就是在你面前，我才這樣稱呼的嘛。」晴明邊說邊拾起膝蓋前的和歌信箋，「回去的時候，你順便在庭院摘一朵龍膽花，和這首和歌一起交給皇上。再向他說，這首和歌其實是送給皇上的。」

「送給皇上的？」

「沒錯，對方送錯人了，對方把你誤認爲皇上了。」

「爲什麼？」

「事後再向你解釋。這樣一來便可以知道事情的來龍去脈了。大概可以吧……」

「我完全搞不懂。」

「我也不懂，不過皇上應該懂。皇上可能會向你問東問西，那時你就將所知道的一切通通講出來，不用隱瞞任何事。」

「唔……」博雅如墮五里霧中。

「如果皇上理解了這首和歌的意思——你聽好，這才是重要的地方——你就向皇上說，晴明想要一撮皇上的頭髮，請皇上原諒晴明的冒瀆。如果皇上點頭答應，你就當場收下皇上的頭髮，並對他說……」

「說什麼？」

「『有關這件事，臣博雅和安倍晴明會處理得功德圓滿，所以請皇上下令，讓朱雀門前的人通通避開。』」

「什麼？」

「換句話說，今晚除了我和你，叫其他人都回去。」

「皇上肯聽我的話嗎？」

「如果皇上肯剪下頭髮，表示他願意聽你的話。因爲這也表示皇上信任了我。」

「如果皇上不肯賜髮呢？」

「到時候我還有其他辦法。總之，這法子應該行得通，萬一不行，你就派使者過來一趟，要不然就叫人到戻橋附近喃喃自語『不行，不行』，我就知道了。行不通時，我會親自進宮去。一切順利的話，你就不用派人過來了，今晚亥時前，我們在朱雀門前見吧。」

「那你現在打算幹什麼？」

「睡覺。」晴明短短答了一句。

「老實說，我爲了查這件事，查到很多跟鏡子有關的有趣資料，連與這件事無關的古鏡也查得興味盎然，一直查到剛剛你來。所以從昨晚開始，我幾乎都沒睡覺。」

博雅捧著和歌信箋與龍膽花，步出晴明宅邸。

六

皎皎月光照射在朱雀門前。亥時過後，晴明才出現。

「晴明，你來得太晚了。」博雅說。

博雅全副武裝，腰佩朱鞘長刀，手上還拿著一把弓。

「抱歉，睡過頭了。」

「我正擔心萬一你不來，我該怎麼對付牛車。」

「一切都順利嗎？」晴明問。

朱雀門四周沒有任何人影。

仰頭看，只見朱雀門黑漆一團高聳在月空下。

「嗯，皇上看到和歌與龍膽花後，潸然淚下，還說那只是一夜之情，自己完全忘了，沒想到對方仍惦記在心，最後閉上眼睛說，他對不起對方。你看，連頭髮也給我了。」

「他還說了些什麼嗎？」

「皇上要我代他感謝你的用心良苦……」

「是嗎？」

「而且又說，如果那女人是以死靈身分前去見他的話，今晚可能就是她的頭七，皇上打算整晚都在清涼殿為那女人唸佛。」

「皇上是聰明人。」

「晴明啊，皇上為什麼要感謝你？」

「因為我撤走了其他人啊。沒有人想讓別人知道自己往昔的戀情吧，就算是皇上也一樣。」

「頭七呢？」

「人死之後，靈魂可以停留在這世上七天。」

晴明剛說畢，耳邊傳來一聲聲響。

嘎吱……

「唔。」

「唔。」

晴明和博雅同時望向聲音傳來的方向。

兩人又聽到嘎吱聲。

手上拿弓的博雅情不自禁想跨前一步。

「別急——」晴明阻攔住博雅，「給我皇上的頭髮。」

晴明從博雅手中接過皇上的頭髮，往牛車走去。

牛車停下來了。

牛車前沒有垂簾，上次燒毀了；牛車內部黑沉沉一片。

「想阻擾的人，小心死無葬身之地。」黑暗中傳出女人的聲音。

「對不起，我不能讓那男人跟妳走。」

晴明說畢，失去垂簾的黑暗牛車內，浮出一張女人的臉。剎那間，那張臉變成一張披頭散髮的青鬼臉龐。

「雖然不能讓他跟妳一起走，不過我帶來了代用品。」

「代用品？」

「那男人的頭髮。」晴明回應。

「喔……」女鬼叫號起來，口中吐出一道熊熊青色火焰。

「喔……喔……」女鬼邊叫號、邊狂亂地甩著脖子。

「雖然遲了幾天，不過那首歌和龍膽花已經交給那男人了。」晴明說道。

女鬼聽後，更加狂亂地甩著脖子嚎啕大哭。

「那男人看了妳的歌，淚流滿面，說他很對不起妳。」

晴明說畢，跨前一步，將手上的頭髮擱在牛車衡軛那束長髮上，再將兩束頭髮綁在一起。

「喔喔——」女鬼揚聲長鳴了一聲。

白色亮光一閃，女鬼、牛車，以及兩名男女隨從都消失了。

月光照射的地面上，只剩下一把綁在一起的男人頭髮與女人長髮。

「解決了。」晴明開口。

「解決了?眞的解決了?」博雅問。

「大致解決了。」

「眞的?」

「那女鬼不會再來糾纏那男人了。」

「那男人？」

「皇上啦。」

「晴明，我不是警告過你不能這樣稱呼皇上嗎？」

「我只在博雅面前這樣稱呼呀。」

「不過，眞的全部解決了嗎？」

「大概吧。」

「只是大概？」

「對了，博雅，頭七夜晚還沒過吧？」

「還沒。」

「那麼，回去向皇上報告之前，你再陪我去一個地方。」

「陪你去哪裡？」

「去剛剛那女人那兒。」

「什麼！」

「皇上沒辦法公開這麼做，所以我們要代皇上找到那女人的遺骸，適切地埋葬她啊。」

「什麼女人遺骸、什麼埋葬，我通通聽不懂。不過，若是爲了皇上，我願意隨你到任何地方。」

「那就決定了。」

「可是我們到底要去哪裡？」

「我大概猜到地點了。」

「哪裡？」

「應該是皇宮後山中的某個地方。」

「你怎麼知道？」

「那女人用的是鏡魔法。」

「鏡魔法？」

「博雅，這也是你告訴我的。」

「我？我何時告訴你這種事了？」

「你不是察覺到，牛車旁的男隨從將長刀佩帶在右腰嗎？」晴明邊說邊往前走。

「等等，晴明，我愈聽愈迷糊了。」

晴明不知道是否聽到了博雅的呼喚，突然停步，俯身拾起落在地面的兩撮頭髮。

「走吧。」晴明說道。

七

兩人來到鬱鬱蓊蓊的杉樹森林。

博雅手中的火把亮光，映照出長滿苔蘚的樹根和岩石。

跨進森林後，兩人已走了約半個時辰。

「晴明，我們到底要去哪裡？」博雅問。

「到那女人那兒。」晴明回應。

「我是說，女人到底在哪裡？」

「不知道。」晴明說。

「在這種陰森森的樹林繼續遊蕩下去，搞不好找到那女鬼之前，會先碰到其他惡鬼。」

「也許吧。」晴明漠不相關地回應。

「喂，喂，晴明！」

「用鏡魔法鋪設出的靈氣之道，還殘留一點靈氣。我正循著靈氣前進，一定找得到。」晴明解釋。

森林中深邃漆黑，月光也僅能照進絲毫。

博雅手上的火把已燒到第四把。

這時，晴明突然停住腳步。

「怎麼了？晴明。」博雅也跟著頓住腳步，全身緊張起來。

「看樣子好像到了。」晴明回應。

博雅聽後，伸出手中的火把照亮前方。

前方不遠處的樹下草叢中，有個白色朦朧人影。

人影在一株特別粗大的杉樹下。

濃厚的烏黑籠罩著白影，猶如霧氣般飄來蕩去。

森林大氣更加冰涼了。

博雅緊張得屏氣斂息。

白色人影看上去，全身似乎散發出微弱亮光。

晴明緩緩地步向白色人影，博雅跟在他身後。

過一會兒，晴明在白色人影前停下來。

是個女人。

女人穿著一身白色裝束，跪坐在即將枯萎的草叢中，恬靜地望著晴明和博雅。

正是剛剛在牛車中化爲青鬼的那女人。

她的面容看起來，約三十歲上下。

「恭候已久了。」雖然女人的紅色嘴唇絲毫不動，聲音卻傳到兩人耳裡。

「這個給妳吧。」晴明從懷中掏出兩撮頭髮，將頭髮遞到女人面前。

女人接過頭髮貼在臉頰上，再貼在脣上。

最後雙手握著頭髮，與頭髮一起垂放在膝上。

「晴明，你看——」博雅叫道。

女人身後那株粗大杉樹的樹幹上，釘著一把鏡子。

杉樹底下，躺著兩隻形狀看似狗的屍體。

夜氣中微微飄蕩著腐臭。

「妳可以將原因告訴我們了吧。」晴明說，「鏡魔法多半是女人使用的咒術，妳和那男人之間有過什麼關係？」

「是。」女人恬靜地開口，「回想起來，那已經是十五年前的往事了。

第一次見到那人時，我才十七歲……」

「十五年前……」

「當時那人還未登基。」

「唔。」

「有一天，那人來到了我家，當時剛好是秋天。那人在獵鹿時迷了路，就在東碰西撞找出路時，不知不覺便來到隱匿於山中的我家，這是那人向家母說的……」

「母親？」

「是的。家母已於十年前過世了，她曾在宮中執事，後來因故匿居在皇宮後山的深山中。」

「然後呢？」

「那人來到我家時已是黃昏，隨從也走散了，身邊只帶著兩頭獵犬，正是死在我身後那兩頭……」

女人淡然地以輕細的聲音繼續說。

晴明只是靜默地傾聽女人訴說。

「那夜，那人便住宿在我家。雖然只是短短一夜，但我們已有了夫妻之

實……」

「原來如此……」

「第二天早上，那人對家母和我說，一定會回來接我們，便回宮去了。臨走之前，那人留下身邊的兩頭獵犬。這已經是十五年前的事了……」

女人說到這兒，哽咽不能言，淚下如雨。

「那天以來，我沒有一天忘卻過他。每天都盼望他來接我們，就這樣盼了十五年。這期間，家母過世，我也因朝夕思念、朝夕思念、朝夕思念而喪命——這是七天前的事。」

「……」

「由於積怨過深，我每天食不下咽，當我感覺自己已命若懸絲時，便下定決心，既然活著見不了面，乾脆死了再相見，所以才在這裡施展了咒術。」

「所以妳用了鏡魔法？」

「是的。那面鏡子是我家的傳家之寶。往昔我家還繁榮昌盛時，由當時的皇上御賜給我們的……」

「兩頭獵犬呢？」

「兩頭獵犬是我用小刀刺喉而死的，共同生活了十五年，牠們似乎已和我心意相通，順從地死在我手中，眞的很可憐。」

分明懸牛拉曳吾　不料車復繫他意

晴明低聲朗誦著和歌，再望向女人。

「我雖然懂得這首歌的含意，卻猜不出隨信箋附上的龍膽花的意思……」晴明說。

女人抬起臉：「我的名字就叫龍膽。」聲調短促、毅然。

「原來如此，原來是這回事。」晴明點點頭。

女人垂下眼簾。

「收到了這撮頭髮，我的恨意已消……」女人雙手緊握著兩撮頭髮，抱在懷中。「我不但淪落成女鬼，又奪走了毫無牽連的人的性命，我內心非常愧疚……」

女人的聲音愈來愈輕細。

「謝謝你們。」說完，女人仰天倒在地上。

晴明和博雅同時跨步向前。舉起火把一照，只見一個已腐爛了一半、身穿白色裝束的女人屍體躺在地上，懷中緊緊抱著兩撮頭髮。

晴明和博雅默不作聲地俯看著女人屍體。

「總算心甘情願地死了……」博雅喃喃自語。

「唔。」

「晴明啊，可以告訴我一件事嗎？」

「什麼事？」

「就是和歌與龍膽花的事。那其實是要送給皇上的吧？」

「是啊。」

「你說過是對方送錯了，爲什麼你知道那其實要送給皇上，卻送錯人了？」

「《般若經》嘛。」

「《般若經》？」

「你收到和歌時，手上不是正好捧著皇上剛抄寫完的《般若經》？」

「嗯。」

「所以才會送錯了。」晴明說。

「原來如此。」博雅說畢，不勝感喟地望著火把亮光下的女人臉龐。

「鬼，眞是可憐啊……」博雅低聲嘆道。

女人臉龐雖已腐爛一半，但嘴脣上似乎微微浮現著微笑。

白比丘尼

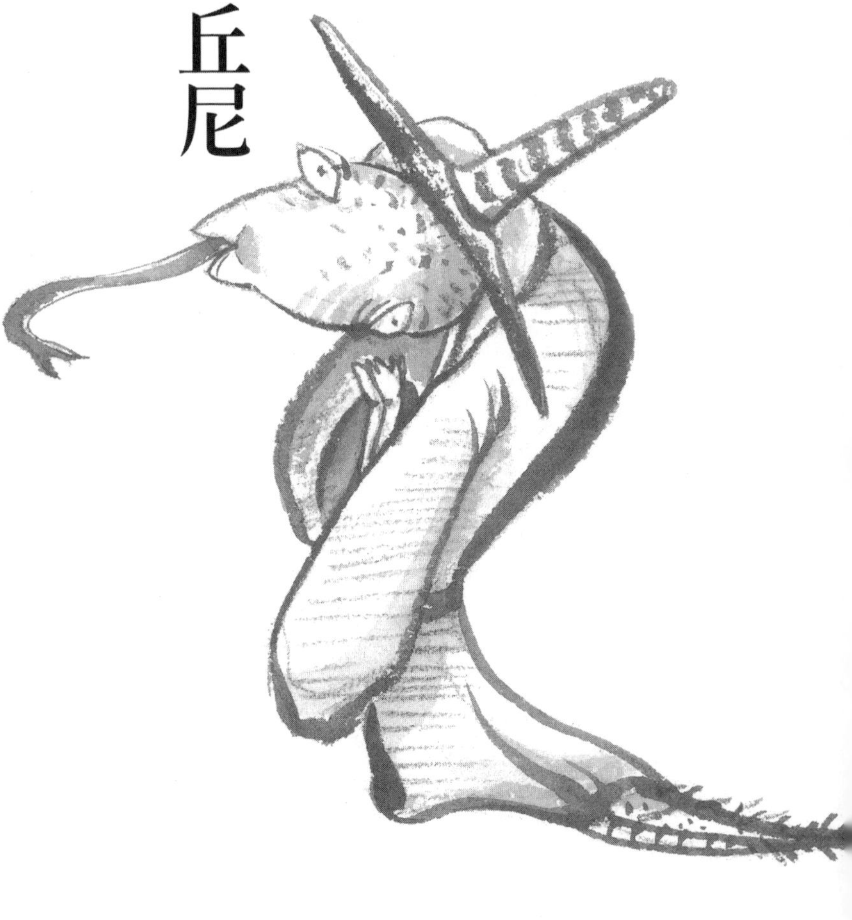

一

下雪了。

輕柔的雪。

沒有風，只是雪花自天空不停飄落。

門戶大開的彼方，可以看見夜色中的庭院。

未經修整的庭院內，滿地白雪。

唯一可見的亮光，是房內燃燒的燭火。黑暗中，燭光隱約浮托出雪夜中的庭院。

銀白色的黑暗。

積雪似乎連這僅有的光亮也吸收了，再轉換成冰冷的白色陰影，於長夜深處散發著若有似無的微光。

枯萎的芒草、敗醬草①、羅漢柏、繡球花、胡枝子上頭，都積滿了雪。

曾在不同季節各自花團錦簇、根深葉茂的花草和樹木，如今都埋在積雪底下，渾然一體。

時值霜月中旬。

①日文為「女郎花（おみなえし，ominaeshi）」，學名*Patrinia scabiosaefolia*，為多年生草本植物，秋天七草之一，中藥上多用於清熱解毒。

為陰曆十一月——陽曆大約是十二月。

這天早上本來下著冰雹，到了中午便雨雪交加，在傍晚又變成了雪，入夜後益發森森自天上降落。

點著燭光的房間內，榻榻米上擱著火盆，火盆裡燒紅的木炭正發出細細爆裂聲。

火盆兩旁坐著兩個男人。

兩人皆盤腿而坐。

左側靠庭院的男人，一眼便可以看出是名武士。

身上穿著冬季公卿便服②，裡面是褲腳縛在腳踝上的燈籠褲③。年齡約三十六、七歲，外表看來憨厚老實，又討人喜歡。

他是源博雅朝臣。

坐在博雅對面的男人不是武士。

那人即便坐著，也能看出是個身材高眺的男子。

他有著一對略帶青色的茶褐眸子，頭髮烏黑、肌膚白皙。

脣色紅得令人誤以為看見的是流動在脣裡的血液，挺直的鼻梁給人一種異國人的印象。

②日文為「直衣（のうし，noushi）」，為平安時代男性貴族所穿的便服。

③日文為「指貫（さしぬき，sa-shinuki）」，是一種褲管十分寬鬆的燈籠褲，褲腳在腳踝處束起。

他是陰陽師，名為安倍晴明。
明明是冬天，晴明卻跟夏天一樣，只隨意穿著一件白色狩衣。
雖然是在室內，但門戶敞開，室內應該幾乎跟室外一樣冷。
兩人正在對酌。
火盆旁有一托盤，托盤上已橫擺著幾瓶空酒瓶。只有一瓶還豎立著。
托盤上另有一素陶盤子，上面盛著魚乾。
兩人自斟自飲，在火盆上烤著魚乾當下酒菜。
雖然沒有風，但門戶敞開。
室內的溫度和室外差不多。
兩人相對寡言，有時舉杯含酒在嘴裡淺嚐，要不就是注視著無聲無息、愈積愈深的皚皚白雪。
萬籟俱寂，連柔軟的片片白雪降落在地面積雪上的時候，都彷彿可聽見雪片與雪片間接觸的細聲。
一片看似乾枯凋萎的庭院中，有一株遲開的紫花。
是桔梗。那株桔梗花未被積雪全部掩埋，隱約露出一抹紫色。
鮮豔的紫色，大概不久也會埋沒在紛紛揚揚的積雪中吧。

「好安靜的雪啊……」博雅喃喃自語，視線依然望向庭院。
他似乎不是說給晴明或任何人聽，只是情不自禁地脫口而出罷了。
「的確是場幽寂的雪。」晴明回應。
晴明也仍望著庭院。
「那邊那個是什麼東西？」
博雅從剛才便一直注視著積雪中那抹紫色，便開口問晴明。晴明當下就理解博雅問的到底是什麼東西。
「是桔梗？」
「是啊。」
「怎麼在這種季節，桔梗還會開花呢……」
「在眾多已開過的桔梗花中，也有這種比較遲開的花吧。」晴明喃喃說道。
「是嗎？」博雅點點頭，「原來是這樣。」
「本來就是這樣。」
「唔。」
「唔。」

兩人頷首各應了一聲，復又緘口沉默。

雪花繼續無聲無息地垛積於地。

晴明伸手挑出魚乾，捏著魚乾在火盆上烘烤。

那是博雅帶來的魚乾。

博雅跨進晴明宅邸的大門時，已是傍晚時分。

「你果然來了。」出來迎客的晴明向博雅這樣說。

「是你叫我來的呀！」博雅回應。

「喔，對了，是我叫你來的。」晴明面不改色，若無其事地回答。

事情發生在今天早晨。博雅當時在自己房內酣睡，突然耳邊響起叫喚聲。

「喂，博雅！」

就是這聲音吵醒了博雅。

然而，睜開眼睛後，博雅全然不懂自己爲什麼會醒過來。

耳邊傳來輕柔的雨聲。

下雨了……

心中才這麼想，那聲音馬上回道：「的確下雨了。」宛如可以看穿博雅

的心思。
聲音來自枕頭邊。
博雅轉頭望向枕邊，赫然發現一隻貓端坐在枕邊，注視著博雅。
是一隻黑貓。
「傍晚會變成雪喔。」黑貓的嘴裡發出人聲。
「晴明——」博雅低聲呼喚，因爲那黑貓所發出的人聲和安倍晴明非常相似。
「今天晚上，一邊賞雪、一邊喝酒，也是挺不錯的。」黑貓說。
黑貓用那對晶瑩剔透的綠色眼珠凝視著博雅。
「酒我來準備，下酒菜就讓你包辦了。」黑貓又開口說。
「嗯。」博雅不由自主地回應。
「下酒菜嘛……魚乾比較好吧。」
「好。」
「還有，順便想請你幫個忙……」
「什麼忙？」
「帶把長刀來。長短皆可，也不必管是什麼長刀。最好是曾經砍殺過

五、六人的長刀。」

「什麼?」

「你家有這種長刀嗎?」

「應該有……」

「那就拜託你了。」語畢，黑貓便凌空從博雅頭上跳到另一方。

博雅慌忙轉頭望向黑貓的方向，但黑貓已不見蹤影。

黑貓在門窗緊閉的房內消失了。

博雅按照黑貓的吩咐，帶來長刀，此刻正擱在身邊。

那是一把曾經砍殺過六人的長刀。執刀殺人的當然不是博雅，而是博雅的父親。

那是十年前的事了——現在的皇上剛即位不久，京城附近出現一批爲非作歹的流寇，皇上便派遣一隊武士前往討伐，博雅的父親也是其中一員。

這把長刀所砍殺過的六人，皆是當時的流寇。

博雅不懂晴明爲何叫他帶這種長刀過來。

來到晴明宅邸後，他也忘了問，就這樣邊喝酒、邊觀賞庭中的雪景。

博雅於傍晚時踩在積雪上的足跡，必定早已埋沒了。

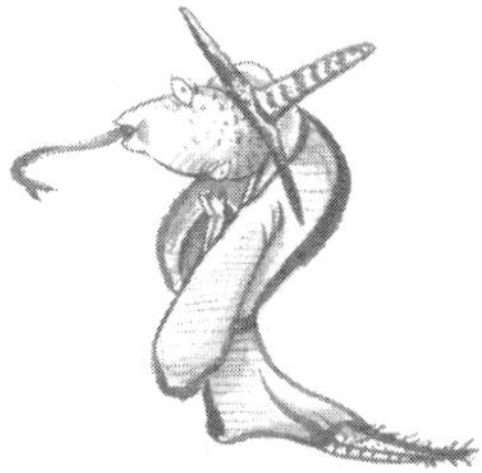

可見博雅已來了一段時間。

寬廣的宅邸內，除了博雅和晴明，別無他人的動靜。

同長夜下的庭院一樣，整棟屋子鋪滿了森然的靜寂。

過去博雅每次來晴明宅邸時，也曾有幾次遇見過其他人。不過，博雅始終搞不清楚那些人到底是眞的人，還是晴明使喚的式神。

也許，在這棟宅邸中，只有晴明一人是眞的人，其他都是非現世的玩意兒，不是式神就是精靈古怪。

連這棟宅邸是否眞存在於土御門小路上的某處，博雅也愈想愈覺得不可靠。

有時博雅甚至會懷疑，這世上能夠跨入這宅邸的人，搞不好只有自己一人。

「晴明啊。」博雅含了一口酒又吞下後，開口喚道。

「什麼事？」晴明收回原本投向庭院的視線，望向博雅。

「以前就想問你這個問題了：這麼大的房子，難道只有你一人住？」

「是又如何？」

「不覺得寂寞嗎？」

「寂寞？」
「不會想找個伴嗎？」博雅第一次這麼問晴明。
晴明注視著博雅的臉，微微笑了一下。
這是今日博雅來到這裡後，晴明首次展露的笑容。
「到底怎樣啊？」
「有時候當然會感覺寂寞，也會想找個人陪啊。」晴明說得好像事不關己，「不過，這問題跟這宅邸內到底有沒有人在，完全是兩回事。」
「怎麼說？」
「人，都是孤獨的。」
「孤獨？」
「人，生來就注定是孤獨一人。」
「你是說，人生來就注定要寂寞度日？」
「大致如此。」
雖然有時會覺得寂寞，但並不是因爲獨自住在這宅邸而覺得寂寞。晴明想表達的似乎是這個意思。
「晴明啊，我不大懂你說的話。」博雅老實說出自己的感覺，「總之，

你還是會寂寞，對吧？」

「這叫我怎麼回答？」晴明苦笑著。

博雅看晴明苦笑，反而露出微笑。

「呵呵。」

「博雅，你在笑什麼？」

「晴明啊，原來你也會有爲難的時候。」

「當然會有爲難的時候。」

「太愉快了。」

「愉快嗎？」

「嗯。」

博雅點點頭，喝了一口酒。

這期間，降雪更加濃重了，雪花飄落在地，繼續堆積。

一陣短暫的沉默；冷不防，有個聲音宛若雪花從天而降。

「你眞是體貼的男人，博雅。」晴明低道。

「體貼？我？」

「唔。我開始有點後悔了。」

「後悔什麼？」

「後悔今天把你叫來。」

「什麼？」

「老實說，今晚將發生的事——也就是你等會兒將看見的東西，現在想想，或許不讓你看到比較好。」

「是什麼東西？」博雅問。

「那是……」晴明將視線移到庭院盡頭。

視線遠端，正是那株還未讓積雪埋沒的紫桔梗。

「類似那株花的東西。」

「桔梗嗎？」

「對。」

「我知道那是桔梗，可是我不懂你的比喻。」

「等會兒就知道了。」

「那東西跟你叫我帶來的長刀有關嗎？」博雅伸手握著擱在身邊的長刀。

「你帶來了？」

「帶來了。你先回答我的問題嘛。是不是跟這把長刀有關？」
「沒錯，有關。」
「到底怎麼回事？你總該說明一下吧？」
「來了你就知道。」
「來了？」
「馬上就來了。」
「誰要來？」博雅剛說完，隨即微微搖頭。
「你說要來的**那個**，指的是人嗎？」博雅再度問。
「是人。不過，雖然是人，卻又不是人。」
「啊？」
「來了你就知道。」晴明平心靜氣地回應。
「喂，晴明，你的壞習慣就是喜歡賣關子，我現在就想知道答案。」
「別急，博雅，等一下我再跟你說明。」
「爲什麼？」
「因爲對方已經來了。」晴明回道。
晴明擱下酒杯，緩緩地望向積雪的庭院。

博雅也跟著轉頭望向庭院。

於是，博雅看到了那位一言不發、佇立在積雪庭院夜色下的女人。

二

那女人佇立在雪光反射的白色黑暗中。

身上穿著黑色僧衣，頭上披著黑色頭巾。

幽邃清澈的雙瞳，凝望著晴明與博雅。雙脣既冷又薄。

「晴明大人……」女人開口。

「來了嗎？」晴明問。

「久違了，大人。」那外表看似尼僧的女人說道。

透明且猶如乾風的聲音，從女人嘴脣中流洩而出。

「上得來嗎？」晴明又問道。

「我這個污穢的身軀，待在這兒便可以了。」

「別介意，污不污穢都是別人認定的，跟我毫無關係。」

「請讓我在這兒就好……」女人的口吻雖平靜安詳，卻又十分毅然。

在她黑色的瞳孔裡，盈滿銳利又炯炯有神的光芒。
「那麼，我到妳那兒去吧。」晴明站起身。
「您在原地施法即可。」
「無所謂。」晴明走到廊上，單膝跪坐在地板上。
「是消災嗎？」
「與先前一樣……」女人垂下眼簾，稍後又再睜開雙眼。
晴明凝視著女人的雙瞳：「離上次有幾年了？」
「久別三十年了。」
「這麼久了啊。」
「當時是賀茂忠行大人……」
「那時，我剛開始學習陰陽道不久……」
「然後，今晚是晴明大人……」
女人的雙眼忽地燃起青色燐光。
「眞是不可思議的緣分。」
「忠行大人也早已不在人世了……」女人低沉且寂寥地回應。
賀茂忠行是安倍晴明的師傅，精通陰陽道，在當時是舉世知名的絕代陰陽師。

「要喝一杯嗎？」晴明問女人。

「既然是晴明大人的建議……」女人應允。

晴明站起身，端起酒瓶和酒杯。

首先，晴明舉起右手中的酒瓶，倒酒於左手的酒杯中，然後，分三口飲盡杯中酒。

晴明再將空酒杯遞給女人，女人伸出白皙雙手，恭敬地接過。

晴明倒酒於女人手中的酒杯內。

「可以喝嗎？」女人那滿盈著青色亮光的雙瞳，凝視著晴明。

晴明沒有開口，只微笑著點點頭。

女人也分三口飲盡杯中酒。

晴明將酒瓶擱在走廊上，女人則將酒杯擱在酒瓶旁。

博雅始終默默不語，凝望著兩人的動作。

女人的視線移到博雅身上。

「他是源博雅，今晚需要他在一旁幫忙。」

博雅依然默默不語。

女人向博雅深深行了個禮：「等一下會讓您看到感覺不快的場面，還請您多多包涵……」

博雅根本不知道自己到底要幫什麼忙，更不知道自己該做什麼。不知道歸不知道，博雅仍然點點頭。

「那就開始吧。」晴明說。

「開始吧。」女人回應。

女人的黑色僧衣上，肩頭已覆了白雪。

她滑溜地脫下身上的黑色僧衣。

脫下僧衣的女人，身上一絲不掛。

女人的肌膚白皙得可憐。

和雪一樣白，而白雪又紛紛飄落，聚積在那白皙肌膚上。

那是隱含了暗夜顏色的白皙肌膚。

黑色僧衣掉落在女人腳邊，宛如濃厚黑影。

雪花也落在女人纖弱的乳房上，一片融化後，另一片又立即落下。

晴明光著腳從走廊下來，站在雪地中。

「博雅。」晴明吩咐博雅。

「喔！」

「你帶著那把長刀過來一下。」

「沒問題。」

博雅左手握著長刀，也來到雪地。

同樣光著腳。

可能是過於緊張，博雅似乎完全感覺不到腳下積雪的冰冷。

博雅和晴明站到女人面前。

一絲不掛的女人，正佇立在兩人眼前。

胯下隱約可見淡淡陰影。

——什麼都不問。博雅已這麼下定決心，於是便緊閉著嘴，站在那兒。

「呼——」女人呼出一口氣。

呼氣化爲淡青色火焰，輕飄飄地融化於夜氣中。

女人瞳孔內的光芒更加強烈。

烏黑油亮的頭髮，只稍稍長過肩膀。

連頭髮也彷彿發出綠色火焰。

女人就地坐在雪地上。

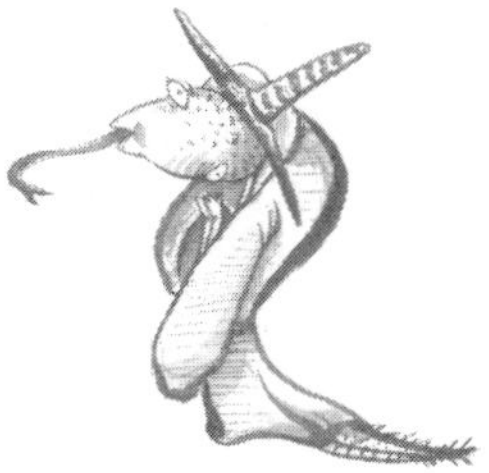

她結跏趺坐④，雙手在胸前合掌，閉上雙眼。

晴明無言地將右手伸進懷中。

接著自懷中取出兩根銳利長針。那是比絲線更細的長針。

「嗚。」博雅將聲音嚥了下去。

因爲晴明正將其中一根長針深深刺進女人脖子與後腦杓交界的頭髮中。

那長針約有用力張開單手手掌那麼長，而且竟然大半以上都刺進了女人脖子內。

其次是腰部。

晴明將剩下的另一根長針，以同樣的方式刺進女人脊椎骨下方。

「博雅，拔刀。」晴明吩咐。

「好。」博雅以右手拔出長刀。

銀色刀刃在暗夜的雪地裡閃出一道白光，刀鞘則隨手拋到雪地上。

博雅雙手握住長刀。

「博雅啊，這女人的身體裡住著妖物。」晴明說。

博雅緊閉嘴脣，代替點頭。

「那妖物叫作禍蛇。」

④禪宗坐法的一種；即左腳放在右大腿上，右腳放在左大腿上的盤腿坐法。

「唔。」

「現在開始，我要將那妖物從這女人體內趕出去。等那妖物從這女人體內完全脫離時，你再用長刀斬殺。到時候我會叫你動手。」晴明向博雅說明。

「喔，好！」博雅張開雙腳站穩，將長刀高舉過頭。

「我要施行的是三十年一度的禍蛇驅除法，這是平常想看也看不到的玩意兒喔。」晴明說。

語畢，晴明趨上前去，用嘴含住女人頸後突出來的長針尾端。

他只以嘴唇含住而不抽出長針，就這樣開始唸起咒語。

右手則握住女人腰部的長針。

晴明唸的是博雅至今從未聽過的咒語。

低迴的韻律和高昂的韻律不斷交互替換，似乎是異國語言的咒語。

冷不防，女人的肉體起了一陣痙攣。

仍保持合掌的手勢，臉部卻仰望上空。

雙眼依然緊閉。

然後，女人的體內開始逐漸滲出某種東西，顯現在臉部。

表情……

那是歡天喜地的表情。

是一種類似無上喜悅，身心皆滿溢幸福的表情。

卻也是痛苦的表情。

就像身體被野獸從臀部逐漸吞噬般的表情。

然後……

女人仰望上空的臉，在博雅眼前開始變化。

有東西開始從女人臉上浮現。

在博雅眼前，赤裸的女體看似就要乾癟下去。

博雅突然理解了正浮現在女人臉上的是什麼東西。

是皺紋。

無論是女人的臉或身體，她全身已開始浮現好幾條深紋。

博雅看清是皺紋時，女人的背部突然往前彎曲到令人難以置信的程度。

面向上方的女人，睜開了雙眼。

眸中燃燒著青色火焰。

吱！

女人齜牙咧嘴，嘴裡露出獠牙。
咻！
女人嘴裡滑出一道可怕的綠色火焰。
「哦！」雙手握著長刀、高舉在頭上的博雅，有如金剛力士⑤般佇立原地，高聲大喝。
因爲博雅眼前的女人，正變幻爲鼻塌嘴歪的老太婆。
「出來了！」晴明嘴裡含著長針說道。
那東西從胯下出來了。
女人胯下滑出一條高揚著頭、漆黑烏溜的蛇。
黑蛇從女人陰部蜿蜒著身軀逐步滑出。
「要等牠全部出現！」晴明吩咐。
博雅根本沒有餘裕回答晴明。
女人閉上了眼，外表已經完全變成老太婆的樣子。
不過，女人臉上的皺紋又開始變化了。隨著黑蛇漸漸滑出，皺紋也漸漸消失。
而且是從下半身開始消失。

⑤原文為「仁王（におう，niou）」，為兩尊在佛寺門口守護的金剛力士像。

從下半身開始，女人的肌膚逐漸恢復成原本的光滑細膩。
那條黑蛇從女人結跏趺坐而大大張開的雙腿間爬了出來。
那黑蛇很粗，幾乎與博雅的手臂一般粗。
而且很長。
爬出的部分已經有手臂那麼長了，卻還有一半。
爲何如此禍稔惡盈的東西，竟會從一名嬌嫩女子的白皙雙腿間爬出來，實在令人百思不解。
「唔。」博雅握著長刀，動彈不得。
「博雅，正是現在！全部出來了！」晴明說。
黑蛇從女人胯下露出全身，開始在雪地上蛇行。
「喔！」博雅大喝出聲，舉著長刀往黑蛇直砍下去。
卻砍不斷。
有一股令人不寒而慄的反彈力將刀刃反彈開來。
「唔！」博雅咬緊牙關，聚集全身力量，並集中所有心力在刀刃上。
黑蛇蜿蜒地蠕動著。
博雅竭盡全力，再度集中險些萎散的精神。

「喝！」博雅揮下長刀。
噗地一聲，手中有斬斷某樣東西的反應。
黑蛇果然被斬成兩段。
斬成兩段的一瞬間，黑蛇便消失了蹤影。
女人撲倒在黑蛇消失的雪地上。
「成、成功了，晴明！」博雅說道，額頭上滲出許多細密汗珠。
「唔。」這時，晴明已經站起身，雙手各拿著一根長針。
是方才從女人身上拔出的長針。
晴明將長針收進懷中。
「辛苦了，博雅。」說畢，晴明步向博雅。
「唔，唔。」
博雅用力扳開宛如黏在長刀刀柄上的左手。那隻手都發白了。
大概握得太用力吧。
「再怎麼說，你砍的可是一隻妖物啊，沒有過人的膽量是辦不到的。」
晴明說。
女人緩緩地抬起身子。

皺紋也如幻象般消失了。

眼前是先前那張美麗卻隱現憂愁的臉。雙瞳中那道鋒利、炯炯有神的青色亮光也消失了。

「結束了。」晴明向女人說。

女人默默無言地穿上剛剛脫下的冰冷僧衣。

「萬分感謝大人。」女人穿上僧衣後，文靜地行了禮。

飄雪照舊堆積在女人、晴明、博雅三人的身上。

「下次，又是三十年後吧。」晴明喃喃自語。

女人點點頭。

「那時，我還能與晴明大人見面嗎……」

「這我就不知道了，我沒辦法預測三十年後的事。」晴明回道。

在場的人，沒有任何人移開腳步。

很長一段時間，三人似乎都傾耳靜聽著從天上絡繹不絕、飄落在黑夜裡的雪聲。

然後……

「那麼，我先告辭了。」女人低聲道別。

「嗯。」晴明只輕輕回應了一聲。

晴明頭上已覆滿白雪。

女人行了禮，背向兩人，一聲不響地離開。

女人沒有回頭，晴明也沒向她說些什麼。

就這樣，女人消失了蹤影。

原本殘留在雪地上的女人足跡，也因紛紛降落的飄雪而埋沒消失。

三

「晴明啊，那到底是怎麼回事？」回到原來的房間內，博雅開口問。

「那是一種原本是人，現在卻已不是人的東西。」晴明回道。

「什麼意思？」

「會枯萎，才是眞正的花。不枯萎的花，已經不能算是花了。」

「你是說那株桔梗？」

「也可以這麼說。」

「到底是怎麼回事？」

「那也是一株不枯萎的花。」
「不枯萎的花？」
「剛才的女人。她和我三十年前見到的樣子，一點兒也沒變。」
「什麼！」
「那女人不會老啦，永遠都保持著今晚那二十歲出頭的模樣。」
「眞的？」
「眞的。今年大概有三百歲了吧。」
「怎麼可能？」
「她就是傳說中的白比丘尼，三百年前從一隻千歲狐狸那兒討來了人魚肉，並吃了人魚肉的女人。」
「……」
「吃了人魚肉的人，永遠不會老。」
「我好像聽過這傳說。」
「正是那女人。」晴明說，「而且，那女人也是我最初的女人……」
晴明坐在門戶依舊敞開的房裡，望向積雪的庭院。
雪，益發悄然地繼續降落。

「她以向男人出賣靈肉爲生。」

「什麼……」

「而且她的客戶，都是一些既無身分地位、也沒錢的男人。賣身的代價非常低廉，幾乎和免費一樣，有時爲了一條魚乾便出賣身體，聽說有時候甚至不要錢。」

晴明並非刻意說給博雅聽，宛如正自言自語。

「只是，雖然永遠不會老，但無法老去的歲月會屯積在她體內，最後變成妖物……」

「爲什麼？」

「因爲男人在她體內注入了精液。男人的精液和無法老去的歲月，在那女人體內結爲一體。」

「可是……」

「無法老去、長生不老，表示沒有必要懷孕生子。」

「……」

「那女人的身體已無法懷孕。無法懷孕的身體，若持續吸收了三十年無法孕育爲新生命的男人精液，那些精液便會和屯積在女人體內無法老去的歲

月結爲一體，然後化爲剛剛那條禍蛇。如果不做任何處置，那女人最終也會化爲妖物……」

「唔。」

「因此每隔三十年，那女人必須接受一次驅除禍蛇的法術。」

「晴明，原來是這麼回事啊。」

「普通長刀無法斬殺禍蛇，必須用曾經殺過數人的長刀。」

「所以你才叫我帶那把長刀……」

「正是。」晴明回道。

雪，依然無聲無息地降落。

晴明和博雅也都無言地眺望著雪花。

「話說回來，晴明……」博雅再度開口，「人，還是總有一天會死比較好吧。」博雅一副感慨萬千的口吻。

晴明沒回應，只是注視著雪，也聽了一陣子的雪聲。

「不知怎麼回事，我竟沒來由地感到悲哀……」博雅說。

「你眞是體貼的男人。」默不作聲的晴明喃喃細語。

「我是體貼的男人？」

「你是體貼的男人。」晴明簡短回應。

「嗯。」

「嗯。」

兩人不約而同地微微頷首。

之後，又沉默下來。

依舊眺望著雪花。

雪，無邊無際地繼續飄落，將地上萬物，都包裹在上天的白色沉默中。

後記

很久以前，我便非常想寫平安時代的故事，想得不得了。
想寫有關暗夜的故事。
想寫有關妖物的故事。
因爲在那時代，暗夜和妖物都仍留在人類的世界。
而且，也想寫安倍晴明這男人的故事。
約三年間，我在各種雜誌中零零碎碎發表了一些有關安倍晴明這陰陽師的故事，現在終於如願以償，集結爲一本書。
再也沒有比這更令人高興的事了。
寫晴明和博雅一搭一唱時，實在很愉快。
心情很好。
如果可能的話，我很想寫以奈良、平安時代爲舞台的長篇，一口氣寫上長達五千張稿紙的長篇大論，無奈知識還不夠，總是處於寫不出來的狀態。
身爲文字工作者的我，對於這種事本來就有臉不怕丟了，竟然還說出這種話，可見眞是太不用功了。
這故事的內容應該會相當有趣，所以我打算先好好「醞釀」一番，等數年後再吆五喝六地開始動筆。

啊！

話雖如此，我眞想去旅行。

那種單獨一人、自由自在亂跑的旅行。

如果可能，很想無始無終地在異國到處流浪。

我有位朋友，經常若無其事地出門，以這種方式旅行。每次看到對方揹起帆布背包的背影，我總是因爲憧憬而難受得坐不安席。

「眞想一口氣寫篇好故事」與「眞想到千里外的異國流浪」的衝動。

對我來說，這兩種衝動在某個部分似乎有著共通點。

說明白一點，似乎也跟「不知道哪裡有沒有個上道的女人」這種心情有點類似。

實在很不可思議。

雖然首先要考慮的是，到底該如何解決那些堆積如山的工作，不過，基本上我很喜歡寫作。

總之，實在進退兩難；但也無所謂。反正最可靠的方式便是一項一項來，慢慢實行想做的事。

只是，這種最可靠的方式，我還是有點不滿意。

胡行亂作的方式，也是挺有魅力吧。

身邊有位出門遠行之後便不知道人在何處的朋友，我內心不但格外有些難受，又有些懊惱，但也眞誠希望對方平安無事。於是，只好感慨萬千地導出一個積極樂觀的結論：好吧，那我就奮發努力地做好我該做的一切算了。導出這種結論的我，眞是個身心都健全到有點病態的文字工作者。

怎樣？很意外吧。

讓筆尖恣意遊走、刷刷地寫字，是一件很愉快的事。如果能用這種方式寫小說，一定很了不起。

現在是春夜。

櫻花的暗夜。

我還要繼續寫下去。

一九八八年四月十一日

於小田原

夢枕獏

導讀

譯者後記

茂呂美耶

日本的陰陽師熱潮似乎已逐漸穩固，並落實在生活中。尤其是安倍晴明與源博雅這對「陰」、「陽」對比的活寶偵探，經由小說、漫畫、電影、電視劇及百種以上的相關出版品宣揚，幾已成爲「平成年號時代新種偶像」了。

其實，將安倍晴明這位本來埋沒於古典書籍中的陰陽師挖掘出來的作家，是一九八七年得到「日本SF大獎」的荒俣宏，他在得獎作品《帝都物語》中便讓安倍晴明大顯身手。《帝都物語》總計十二卷，發行量高達三百五十萬本以上，也拍成電影。然而，將安倍晴明與源博雅湊成「福爾摩斯與華生」的作家，則是夢枕獏。而漫畫家岡野玲子又將這對活寶廣傳於少女讀者群中，「新種偶像」便如此誕生了。

白狐之子？

根據傳說，安倍晴明的母親是白狐——當然，事實並非如此。比較有可能的推論是繩文人，也就是紀元前一萬年的繩文時代以來，便定居於日本列島的原住民，別名「山民」、「海民」。紀元前三百年左右，自中國大陸與朝鮮半島渡海而來的移民是彌生人。繩文人是狩獵、採集文化，彌生人則是水稻文化。水稻文化的移民必須保有土地，在固定場所定居下來，形成部落。這些部落之間經過長期爭霸戰，逐漸構築了古代大和朝廷。

而以狩獵、採集爲主的繩文人，基本上沒有定居的觀念，他們的衣食父母是大自然，仰賴山、河川、大海的產物爲生。因而他們不受大和朝廷所控制，類似遊牧民族到處移居。奈良時代，大和朝廷加強中央集權，以開拓地方的名目迫害繩文人，並蔑稱其爲「隼人族」、「熊襲族」、「蝦夷族」等等。

平安時代，原住民中有一集團爲「傀儡子」，經年沿著山岳路線在列島各地移動。此集團有一群名爲「白拍子」的女性，擅長歌舞，是農村舉行祭典時備受歡迎的藝人。而「白拍子」中又有少數具有占卜能力的女巫。晴明的生母很可能便是這類女巫之一。也因此，晴明天生能夠看到別人所無法看到的東西，也就是「百鬼夜行」。

戰國武將與陰陽師

戰國時代，朝廷沒落，輪到武士階級治世，陰陽師便從歷史舞台消失了。不過，全國各地的武將身邊一定都有軍師，這些軍師的前身大部分正是陰陽師。而培訓軍師的學校是「足利學校」，創立於一四三九年，首任校長是當時的易學權威，名爲「快元」的僧侶。每一位軍師候補都必須學占卦、風水、氣象學等等。足利學校直至明治五年（西元一八七二年）才停辦。

戰國武將其實都很在意占卦，武將手中的軍扇，也是咒術的一種。軍扇兩面各畫有日、月，萬一碰到不得不出戰的凶日，便在白天把軍扇的月亮那面顯現在表面，讓日夜顚倒，以便將凶日改爲吉日。連檢驗敵方首級時也都有安魂儀式，代表例是檢驗首級之前一定要先爲首級化妝，這是女人的工作。所有武將中，大概只有現實主義者的織田信長不相信這一套，而德川家康則非常重視咒術。德川家康開創江戶幕府時，迎接了天台宗僧侶天海當幕僚顧問。天海具有豐富的陰陽道知識，爲幕府盡力到第三代將軍時才過世。

陰陽道的現代面貌

安倍晴明的後裔是土御門家，江戶時代受到德川幕府的庇護，一直掌握著陰陽師集團的實權，並成立「土御門神道」。明治維新後，新政府不但剝奪了土御門家製作「曆」的發行權，更廢除了陰陽道。幸好有不少旁支以土御門家爲首，暗地結成了「土御門神道同門會」，苟延殘息下來。一九五二年左右，根據麥克阿瑟將軍所擬訂的信教自由憲法草案，土御門神道才得以成爲正式宗教法人，以「家學」名目存續著陰陽道遺產，直至今日。

陰陽道流傳到現代，有不少儀式已落實在日常生活中，例如二次大戰時曾流行一時的「千人針」，那是在一塊白布上請人用紅線縫一針，總計讓千人縫千針，以保佑出征兵士能夠生還的咒術。另外，祈求心願能夠達成的「千羽鶴」，也是陰陽道咒術的變形之一。孕婦於懷孕五個月時，必須在戌日纏上「妊婦帶」，目的是祈望能安產。男子的大厄之年在四十二歲、女子在三十三歲的習俗，以及除夕夜的「除夕鐘」必定敲打一〇八下的習慣，也都源自陰陽道的數理。

陰陽師——對日本古典文學施咒

賴振南

一講到「古典文學」，不論中外典籍，一般人的印象都認爲它艱澀、沉悶、乏味、無趣等，更不用說「日本古典文學」的作品了。一來翻譯得少，二來時代背景、文化現象差異大，更難理解。因此在台灣的日本古典文學，只限於少數的學術研究，以及極少數大學日語文科系的教學科目，很難有效、有力地推廣開來。例如世界十大文學作品之一的《源氏物語》早有中文版，但全台灣到底有多少讀者閱完全文（漫畫版可能有很多年輕人看過），更遑論同屬日本平安時代（西元七九四～一一九二）的其他文學名著了。或許藉由譯自影音效果佳的漫畫書、電視節目、電玩遊戲中去接觸日本古典文學的機會，反而會比較高也說不定。

但是自二十世紀末期起，人們不知是否因爲「世紀末危機」的現象，全世界的「麻瓜（《哈利波特》書中不懂巫術的人）」如同被施了巫術或符咒一般，開始對神蹟、科幻、命運、靈魂、鬼怪、奇人異事、巫術、陰陽術、五行說、占卜、占星等超現實的故事產生高度興趣。日本的夢枕獏創作出的

《陰陽師Onmyoji》雖沒羅琳（J.K. Rowling）的《哈利波特》那麼風靡全球，卻也在安倍晴明所施的「咒」之下逐漸發威，箝制住每個讀者的魂，因此小說版及漫畫版的《陰陽師》一部接一部推出，甚至電影版《陰陽師II》也即將發行。另外，由於夢枕獏透過安倍晴明對日本平安時代的文學作品施「咒」，讓一千多年前的奇人異事、靈魂鬼怪顯現在現代人眼前。

《陰陽師》的頭卷〈有鬼盜走玄象琵琶〉一開始，就介紹安倍晴明生於西元九二一年，是位「陰陽師」，而西元九二一年正值日本平安時代的前期，其時代背景猶如作者於頭卷一開始如下的描述：

……這時代，妖魔鬼怪不住在水遠山遙的森林或深山窮谷中，無論是人、鬼、或陰魂，都同時存在於京城暗處，有時甚至屏氣斂息地與人同居一個屋簷下。

作者也於陰陽師系列第二部《陰陽師—飛天卷》〈堀川橋上，源博雅邂逅妖女〉中，特別解說了日本第五十代桓武天皇在長岡京只住了十年便廢棄，另外大興土木建造平安京的主要原因，是爲了防止早良親王的冤魂作祟。而電影版的《陰陽師》（瀧田洋二郎監督；野村萬齋飾安倍晴明；伊藤英明飾源博雅；眞田廣之飾道尊），就是以安倍晴明與解除早良親王冤魂封印而遭附身的道尊之間的鬥法，達到最高潮。電影版的《陰陽師II》將於二〇〇三年十月於日本推出，相信屆時會再起一陣陰陽師旋風。

在《陰陽師》系列作品中，陰陽師安倍晴明主要強調「咒」，他說這世上最短的「咒」正是「名」，舉凡人、事、物、山、海、川、鬼、怪、神、仙、魂、靈等，有「名」者皆已受「咒」的束縛，只要神通廣大能作動「咒」的人，便能掌控因「名」受「咒」的一切，這就是《陰陽師》系列作品中所謂的一字眞言。

安倍晴明這個名字，以及他的相關事蹟，主要出現在日本稗官野史、傳說故事集中，諸如平安時代的《大鏡》、《今昔物語集》，以及鎌倉時代（西元一一九二～一三三三年）的《宇治拾遺物語》、《古今著聞集》、《續古事談》、《源平盛衰記》、《發心集》、《長門本平家物語》等作品。其中以《今昔物語集》、《宇治拾遺物語》兩書記載最多（各四篇）有關陰陽師安倍晴明施行幻術的事蹟。

《今昔物語集》、《宇治拾遺物語》或其他故事集，可能僅《今昔物語集》

有較多台灣讀者耳聞，其餘可能都是擷取段落譯介到台灣。《陰陽師》中出現過很多次平安京的最大道「朱雀大路」及第一大門「羅城門」，這些路名和城門名，我們在芥川龍之介的〈羅生門〉中，其實早已見過。眾所皆知，〈羅生門〉的故事原出於《今昔物語集》，小說中朱雀大路上的羅生門也已是一座頹廢、鬼魅出沒、人跡罕至的場所。受電影的影響，「羅生門」雖被誤以為是「事情霧煞煞搞不清楚」的意思，但事實上它象徵著「男女貪婪自私、陰陽失調、五行不順」這種暗黑時代氛圍。不論《陰陽師》中出現的是百鬼夜行也好，或所有故事中的鬼怪、靈魂都於夜晚才出沒，甚至描寫男人也只在入夜後至黎明前這段時間探訪情人，難怪夜路走多了會碰到鬼。

不僅《陰陽師》的故事題材，連日本近代著名文學家芥川都曾多次取材自《今昔物語集》的「本朝物（日本傳說故事）」，可見此日本古典故事集的內容中，包含了許許多多希奇古怪的日本傳說故事。但是原文中的故事都以古文記載，若無現代文翻譯，連日本人都很難看得懂；即使看得懂也感受不到故事的生動有趣。因為這類故事集大都只是當時的人，將以耳傳耳的古傳說故事，照實以當時的語文整理成冊而已，當然需要一些善於虛構的文藝作家，於這些傳說故事骨架上賦予血肉，使之生命活現，才會受到現代人的青睞，否則千年故事將永遠被封印在古典文學的書頁裡。

《陰陽師》的故事題材除了取材自《今昔物語集》之外，有日本古典文學學養背景的作者夢枕獏，更自其他的古典文學作品中汲取養分，透過安倍晴明這位富傳奇色彩的陰陽師的「咒」，一一讓封印於古典文學書頁裡的虛實人、事、物再度甦醒過來，活躍在現今讀者手中的書裡，最後再假手安倍晴明的幻術鎮其魂靈、斬其魔障、歸其適所、撫其怨恨。例如《陰陽師——飛天卷》中〈是乃夜露〉這篇故事，就是以人稱日本羅密歐（在原業平）與茱麗葉（二條后高子）故事片段的《伊勢物語》第六段的〈芥河〉為創作構思素材而成的。除此之外，夢枕獏以渾然天成的創作手法，對不設限的日本古典文學一篇一篇地施以無形咒，讓讀者，尤其是對日本古典文學不直接感興趣的讀者，在陰陽師的引導下，一步步跨進日本古典文學的結界之中。

——本文作者現為輔仁大學外語學院院長／日文系教授／台灣日本語文學會理事長。

安倍晴明傳奇

韋振豐

這幾年來，日本的電影和出版物一直炒作陰陽師安倍晴明的故事，其目的就是爲了配合二〇〇五年的安倍一千年冥誕紀念活動，並藉以提高書的銷售率。顯然，小說家夢枕獏的《安倍晴明傳》便是其中一本。安倍是日本平安時代直屬朝廷的陰陽師，官拜四品，不但熟諳占卜法術，而且也精通中國的陰陽五行。平安朝並非科學和理性昌明的時代，而是充斥著怪力亂神，當時許多人對於妖魔鬼怪的存在仍深信不疑，因此賦予作者極大的想像空間。此書以虛構的手法，加油添醋，創造出一位活靈活現的陰陽師——安倍晴明。

陰陽師在古代部落社會就是祭司，平時能夠祈雨消災，並扮演溝通神人之間的角色。安倍在朝廷也是擔任這種角色，不過在作者筆下，他還幫王公貴族和老百姓排難解憂。其實，本書的迷人之處在於他雖然法力無邊，但並沒有將善惡劃分得一清二楚，畢竟他認爲善中有惡，惡中有善。此外，他更將人神和萬物視爲一體，加上處事圓融，對待人鬼更有體貼的一面。因此作者描寫晴明時，強調：「晴明實行陰陽道祕法時，不一定每次都遵循古法。有關祕法的一些繁文縟禮，晴明通通捨棄，堅持自己的作法。」

安倍晴明固然是一位陰陽家，但我認爲他還是一位哲學家兼心理學家，自己有一套理論詮釋各種現象。例如他解釋「咒」的意義，倒是令人耳目一新。他指出人和萬物都有靈魂，而靈魂也是一種咒，要是大家向石頭膜拜，等於向石頭時下強烈的咒，並強化它的靈性，如此一來石頭便可以興風作浪。例如，拿石頭當武器也是一種施咒行爲，結果石頭只是單純的客體或是武器？顯然，名詞的運用也就牽涉到人的行爲和心理。

在書中，有一段插曲描述一位名叫資之的武士，因雙親去世，爲提振生命力，乃出家當和尚，但是在抄寫《般若經》的過程中，受到一位沒有嘴巴的女人的干擾，後來安倍前往解圍。他一到現場，發現原來資之在抄經時，墨汁弄髒了「如」字的「口」，安倍於是以一張紙片貼在「女」字右邊，並寫下「口」字。後來這位女人便消失了。其實在安倍看來，根本沒有這個女人，所以他強調：「色既是空，空既是色。」換言之，這位法名「壽水」的武士資之六根未淨，對於女人還有欲望！以致心生幻想。這段插曲的寓意也就不言自明。

咒也是心中對於感情的執著，如此一來，死者便化成怨靈，到處害人。例如，書中有位名叫龍膽的女子在十五年前認識現任的日本天皇，當時他尚未登基，但兩人卻有一夜情。龍膽因無法與他結合而死後心中生怨，平時以鏡魔法奪去許多人的生命。後來，智慧過人的安倍一出手，立即將這個災厄圓滿地解決。首先，他要求天皇從頭上剪下一撮頭髮，然後轉交給她，表明皇上也珍惜這段感情，如此一來，龍膽不但公開懺悔一再地害人，同時緊握這撮頭髮，面露微笑，自己主動地腐爛掉、消失。

為了闡釋咒的意義，安倍向好友源博雅說，咒就是一種束縛。例如偷走玄象琵琶的漢多太，本身來自天竺國，浪跡到日本，但平時十分懷念去世的太太蘇利亞，有一天到了宮中發現有位名叫玉草的女子很像他太太，所以日後經常潛入宮中，看看玉草，本來他可以馴服她，但不忍心，因而偷取玄象作為替代物，有事沒事就彈起琵琶緬懷往事，藉琴聲以撫慰自己，因此他向博雅說，要是能和玉草共度一夜，便可歸還琵琶。接著，安倍還發現漢多太附身在一隻死狗上，後來死狗的怨靈被安倍制伏，讓漢多太附身在玄象琵琶上面。如此一來，玄象琵琶乃孕育了靈氣。依照《今昔物語》記載：「此玄象猶如生物。凡遇彈者技巧拙劣，即怒形於色，悶聲不響……某天，宮中失火，雖無人將其取出，玄象卻自行逃脫，現於庭中。」顯然，在書中咒的主題處處可見，而咒也呈現大千世界中人與萬物的互相牽絆。

書中各個插曲大多以感情爲基調，但有一段則呈現人太執著於面子和勝負，以致於步上絕路。當時三月在皇宮舉行和歌朗誦比賽，參賽者壬生忠見輸給平兼盛，因而食欲大失，最後自己咬舌自盡。安倍面對此事眞是不勝感慨。

綜觀本書，作者夢枕獏雖然以怪力亂神作爲小說的情節，但他並不強調迷信，反而破除人獸鬼和萬物的界限，並進一步探討相互之間的關係。因此，要是將這篇故事視爲愛情小說或心理小說，倒是可以平添許多閱讀的樂趣。

——本文作者曾留學英國，現專事寫作。能寫、能評、能譯，尤其擅長從生活親近的事物中切入詮釋歷史。著有《時代精神》、《漫遊書海》、《布爾喬亞：慾望與消費的古典記憶》、《寫作的秘密》；譯有《黑人歷史》等書。

作者介紹

夢枕獏（YUMEMAKURA Baku）

日本SF作家俱樂部會員、日本文藝家協會會員。生於神奈川縣小田原市，東海大學文學部日本文學系畢業。嗜好是釣魚，特別熱愛釣香魚。也熱中泛舟、登山等等戶外活動。此外，還喜歡看格鬥技比賽、漫畫，喜愛攝影、傳統藝能（如歌舞伎）的欣賞。

夢枕先生曾自述，最初使用「夢枕獏」這個筆名，始自於高中時寫同人誌風的作品。「獏」這個字，正是中文的「貘」，指的是一種會吃掉噩夢的怪獸。夢枕先生因爲「想要想出夢一般的故事」，而取了這個筆名。

年表：

一九五一年	一月一日生於神奈川縣小田原市。
一九七三年	東海大學日本文學系畢業。
一九七五年	到海外登山旅行，初訪尼泊爾。
一九七七年	在筒井康隆主辦的SF同人雜誌《NEO NULL》、及柴野拓美

主辦的《宇宙塵》上發表作品。在《NEO NULL》上發表的〈蛙之死〉受到業界人士注意，同作轉至SF專門商業出版雜誌《奇想天外》刊登而成爲出道作。之後在《奇想天外》發表中篇小說〈巨人傳〉，而正式開始作家之路。

一九七九年　在集英社文庫Cobalt推出第一本單行本《彈貓的歐爾歐拉涅爺爺》。

一九八一年　在雙葉社推出第一次的單行本新書《幻獸變化》。

一九八二年　在朝日Sonorama文庫推出Chimera系列第一部《幻獸少年Chimera》。

一九八四年　在祥傳社Non-Novel書系發表的「狩獵魔獸」系列三部曲成爲暢銷作。

一九八六年　循《西遊記》裡的旅途前往中國大陸作取材之旅，從長安到吐魯番。「陰陽師」系列開始連載。

一九八七年　繼續西遊記行程。下半年與野田知祐一同在加拿大的育空河泛舟。

一九八八年　第三次踏上西遊記的旅程，到天山的穆素爾嶺。文藝春秋社出版《陰陽師》。

一九八九年 以《吃掉上弦月的獅子》奪得第十屆日本SF大獎。

一九九〇年 《吃掉上弦月的獅子》獲頒星雲賞平成元年度日本長篇獎。

一九九三年 十月爲坂東玉三郎所寫的〈三國傳來玄象譚〉在東京歌舞伎座「藝術祭十月大歌舞伎」上演。

一九九四年 出任日本SF作家俱樂部會長。岡野玲子改編的漫畫作品《陰陽師》出版。

一九九五年 小說《空手道上班族班練馬分部》由NHK拍成電視劇，由奧田瑛二主演。在東京神保町的畫廊舉辦照片展「聖琉璃之山」（亦有同名攝影集）。文藝春秋社出版《陰陽師─飛天卷》。

一九九六年 爲坂東玉三郎作詞的〈楊貴妃〉在歌舞伎座上演。爲NHK BS臺的「釣魚紀行」錄影赴挪威。十月起在NHK總合臺「大人的遊樂時間」擔任常任主持人。爲電視節目「世界謎題紀行」錄影赴澳洲。

一九九七年 文藝春秋社出版《陰陽師─付喪神卷》。

一九九八年 於中央公論新社出版《平成講釋─安倍晴明傳》。

一九九九年 《陰陽師─生成姬》於朝日新聞晚報開始連載。

二〇〇〇年 文藝春秋社出版《陰陽師─鳳凰卷》。

二〇〇一年　四月，NHK製作、放映《陰陽師》，由SMAP成員之一的稻垣吾郎主演。六月，岡野玲子的漫畫版出版至第十冊。十月，電影「陰陽師」上映。由知名狂言家野村萬齋飾演主角「安倍晴明」，眞田廣之、小泉今日子等人共同主演。文藝春秋社出版《陰陽師—晴明取瘤》。

二〇〇三年　電影「陰陽師II」於十月上映。文藝春秋社出版《陰陽師—太極卷》。

二〇〇六年　首度來台參加台北國際書展，掀起夢枕旋風。

二〇〇七年　改編同名作品的電影《大帝之劍》由堤幸彥導演、阿部寬主演，於四月在日本上映。七月文藝春秋社出版《陰陽師—夜光杯卷》。年底配合首本繁體中文版《陰陽師》繪本《三角鐵環》來台舉辦簽書會，再度掀起《陰陽師》的閱讀熱潮。

二〇〇八年　雙葉社出版《東天的獅子》系列。

二〇一〇年　文藝春秋社出版《陰陽師—天鼓卷》。角川書店出版與天野喜孝、叶松谷共同合作的《楊貴妃的晚餐》。

二〇一一年　以《大江戶釣客傳》獲得第三十九屆泉鏡花文學獎、第五屆舟橋聖一文學獎。改編《陰陽師》的漫畫家岡野玲子訪台。同年傳出陳凱歌將與日本電影公司合作《沙門空海》的電影拍攝作業。文藝春秋社出版《陰陽師—醍醐卷》。

二〇一二年　以《大江戶釣客傳》獲得第四十六屆吉川英治文學獎。十月文藝春秋社出版《陰陽師—醉月卷》。適逢《陰陽師》出版二十五週年，文藝春秋社也同步出版《陰陽師完全解析手冊》。

二〇一三年　八月參加ＮＨＫ總合台的柳家權太樓的演藝圖鑑節目播出。九月在東京歌舞伎座上演《陰陽師—瀧夜叉姬》，創下全公演滿座紀錄。十月小學館出版長篇小說《大江戶恐龍傳》系列。

二〇一四年　文藝春秋社出版《陰陽師—蒼猴卷》、《陰陽師—螢火卷》，後者出版後獲得十一月網路票選「二十歲男性最喜歡閱讀的時代小說」第二名。

二〇一五年　曾獲第十一屆柴田鍊三郎獎的小說《眾神的山嶺》，將由導演平山秀行翻拍成電影，阿部寬與岡田准一主演，三月前往尼泊爾山區取景，將於二〇一六年於日本全國院線上映。暌違十二年《陰陽師》再度影像化，夏季將在朝日電視台播出同名ＳＰ電視劇，由歌舞伎演員市川染五郎主演。

二〇一七年　作家生涯四十週年，榮獲菊池寬獎及日本推理大賞。

繆思系列
陰陽師〔第一部〕

作　　者　夢枕獏（Baku Yumemakura）　　封面繪圖　村上豐
譯　　者　茂呂美耶

副 社 長　陳瀅如
總 編 輯　戴偉傑
行銷企劃　廖祿存
特約編輯　連秋香
封面設計　蔡惠如
美術編輯　蔡惠如
內文排版　綠貝殼資訊有限公司

出　　版　木馬文化事業股份有限公司
發　　行　遠足文化事業股份有限公司（讀書共和國出版集團）
231新北市新店區民權路108-3號8樓
電話 02-22181417　　傳真 02-22180727
E-Mail service@bookrep.com.tw
郵撥帳號 19588272木馬文化事業股份有限公司
客服專線 0800221029
法律顧問　華洋法律事務所　蘇文生律師
印　　刷　成陽印刷股份有限公司
二版一刷　2018年1月
二版六刷　2024年2月
定　　價　340元
I S B N　9789863594642

國家圖書館出版品預行編目（CIP）資料

陰陽師. 第一部 / 夢枕獏著 ; 茂呂美耶譯. --
初版. -- 新北市 : 木馬文化出版 : 遠足文化發行, 2018.1
344面 ;14 X 20公分. -- (繆思系列)
ISBN 978-986-359-464-2 (平裝)

861.57　　106020563